DER BUCHHALTER

MANUEL SÜESS

DER BUCHHALTER

SCHLUSS MIT DER GEHEIMNISKRÄMEREI!

ROMAN

ART BY MANUEL SÜESS

Herausgeber: ART BY MANUEL SÜESS
Text, Satz und Gestaltung: Manuel Süess

Umschlagbild: Nr.483 Die Türe (2012) von Manuel Süess

ISBN: 978-3-9524087-0-4 (Taschenbuch)
ISBN: 978-3-9524087-1-1 (E-Book)

Besuchen Sie uns im Internet:
www.der-buchhalter.ch
www.art-by-manuel.ch

Die Türe

Ist sie zu, so stoss sie auf.

Öffne dir deinen Weg.

Vorgeschichte

Sie wartete und wartete, doch er kam nicht. *Was war passiert, bisher kam er doch immer pünktlich?* fragte sie sich. Tag für Tag, immer war er zur rechten Zeit an Ort und Stelle, wie es sich für einen Schweizer gehörte. *Hatte er sich verspätet oder gab es im Büro viel zu tun?* spekulierte sie. Eins wusste sie genau, Überstunden waren ein Fremdwort für ihn. Von nichts auf der Welt hätte er sich aufhalten lassen. Schliesslich wusste er, nirgends war es so gut wie bei ihr. Es gab keinen Zweifel. Ein Unglück musste geschehen sein.

Die Zeit schritt voran. Hans Rudolf kam und kam nicht. Unpünktlichkeit war man von ihm nicht gewohnt. Als Buchhalter konnte er sich keine Unstimmigkeiten leisten. Alles musste bis ins letzte Detail korrekt sein und genauso strikt strukturiert war sein Tagesablauf. Er kam und ging auf die Sekunde genau. Man konnte die Uhr nach ihm stellen. Dies zog sich wie ein roter Faden durch seine ganze

Erscheinung hindurch. Der Knopf seiner Krawatte sass immer auf den Millimeter genau wie auch die Bügelfalten in Hemd und Hose. Abgesehen davon zeichnete sich sein Aussehen durch nichts Besonderes aus. Er war ein ganz normaler Zeitgenosse. Seine Körpergrösse hielt sich in Grenzen und dehnte sich langsam wie mehr in die Breite aus. Kurzgeschnittene schwarze Haare und ein ungestüm gekämmter Schnauzbart gehörten ebenso zu ihm wie seine zeitlose, braune Hornbrille.

Maria sass immer ungeduldiger in ihrem pinken Schaukelstuhl. Trotz ihrer dreiundsechzig Jahre Lebenserfahrung warf die Verspätung von Hans Rudolf sie aus ihrem gewohnten Tagesablauf. Sie vergass zum ersten Mal in ihrem Leben ihre Lieblingskochserie „Milch, Pfeffer und Haselnusskuchen" zu schauen.

Der Geruch des verkohlten Bratens legte sich langsam. Das Abendessen war bereits vor zwei Stunden nicht mehr zu retten gewesen, als sie den Heissluftbackofen ganz ausschaltete. Die müden Augen fielen Maria langsam zu. Sie wollte noch nicht einschlafen, stand auf und brühte sich von neuem einen starken Kaffee. Ihre Hoffnung gab sie nicht auf. Seit ihr geliebter Ehemann sie vor einigen Jahren mit einem Herzinfarkt unerwartet verlassen hatte, war Hans Rudolf ihr ein und alles.

Gestärkt setzte sie sich wieder auf ihren bequemen Stuhl und begann von neuem in gleichmässigen Rhythmus zu schaukeln. Jedoch wippte sie schneller hin und her als an einem normalen Tag. Im Hintergrund lief ein Klavierkonzert von Tchaikovsky, gespielt von einem ihr unbekannten Pianisten. Sie hatte es erst gestern in einer Internettauschbörse entdeckt und runtergeladen. Geniessen konnte sie die Musik nicht. So sehr beunruhigte sie sein fernbleiben. Ihre Angst steigerte sich von Stunde zu Stunde. Nichts geschah, er kam und kam nicht.

Eine wundervolle Morgenröte erstrahlte am Himmel und verkündete, dass ein sonniger Tag begann. Wie aus dem nichts war sie hellwach. Ein leises Knarren war zu hören, gefolgt vom üblichen Quietschen, wie wenn Ihr verehrter Sohnemann seine verzogene Holzzimmertüre öffnen würde. Ungläubig stand sie von ihrem Schaukelstuhl auf um der Sache nachzugehen. Es geschah wirklich. Die alte Türe öffnete sich wie von Zauberhand. Sie mochte nicht hinschauen. *Das kann nicht sein!* zweifelte Maria.

„Hallo Mama, hast du gut geschlafen? Was riecht denn hier so angebrannt?" begrüsste Hans Rudolf seine Mutter fragend und ein schwarzer Schleier legte sich vor ihre Augen...

Liebe Mama, ich hoffe du bist nicht krank. Ich weiss nicht was mit dir los war, aber als ich heute früh wie jeden Tag zuvor aufstand und aus meinem Zimmer trat bist du einfach umgekippt. Zum Glück hast du dich nicht verletzt. Ich habe dich auf deinen Schaukelstuhl gesetzt. Leider hatte ich keine Zeit zu warten, bis du wieder zu dir gekommen bist. Wie du weisst komme ich nicht gerne zu spät zur Arbeit. Enttäuscht musste ich feststellen, dass du kein Frühstück zubereitet hattest. Nur einen

verkohlten Braten fand ich in der Röhre. Was ist los mit dir? Vielleicht solltest du Herrn Doktor Müller konsultieren. Ich mache mir Sorgen um dich. Nun ja, gute Besserung! Ich muss nun hungrig zur Arbeit. Hoffentlich verrechne ich mich deswegen nicht. Das wäre das erste Mal in den zweiundzwanzig Jahren seit ich als Buchalter für die KartoffelKekse GmbH arbeite. Bis heute Abend, wie immer um neunzehn Uhr vierunddreissig.
Dein Hans Rudolf.

Schon zum fünften Mal las sie die Notiz ihres Sohnes. Sie konnte und wollte es nicht glauben. Er kam gestern nicht nach Hause, da war sie sich vollkommen sicher. Dennoch trat er heute Morgen wie eh und je aus seinem Zimmer.

„Hier stinkt etwas zum Himmel!" rief sie laut aus als sie die Türe öffnete und die Post vom Briefträger entgegennahm.

„Ich rieche nix." erwiderte dieser verwundert und schüttelte im Gehen den Kopf.

Die Post warf sie achtlos auf den Wohnzimmer-tisch aus Baumnussholz und ging in die Küche um aufzuräumen. Für den dunkelschwarzen Braten gab es nur noch eine Bestimmung: den Mülleimer. Sie nässte einen flauschigen Wischlappen mit warmem Wasser und entfernte die letzten Spuren vom nicht-genossenen Abendessen. Voll unvermittelt aufge-kommenem Zorn schmetterte sie beim Abreiben der Anrichte in der Küche die handgefertigte Früchte-schale zu Boden. Die Scherben liess sie achtlos lie-gen.

„Hier ist etwas faul!" schrie sie aus vollem Halse in den Raum. Ohne zu zögern warf sie den inzwi-schen fettigen Putzlappen ins Spülbecken und be-schloss der Sache auf den Grund zu gehen.

Vor Hans Rudolfs Zimmertüre hielt Maria einen Moment inne. Über zwanzig Jahre war es her seit sie diesen Raum zum letzten Mal betrat. *Eines Man-nes privates Gemach ist Tabu für eine Frau, ausser er lädt sie zu sich ein,* lehrte sie ihr geliebter verstorbe-ner Ehemann einige Zeit nachdem sie ihn aus dem gemeinsamen Schlafzimmer verbannt hatte. Bis heute brach sie dieses Gebot kein einziges Mal. So gab es drei Zimmer im Haus, die sie bisher unberührt liess. Neben dem Zimmer ihres Sohnes waren dies das Arbeitszimmer und das Schlafzimmer ihres inzwischen unter der Erde liegenden Mannes.

Nun war die Zeit gekommen. Sie wollte wissen was hier gespielt wurde. *So senil, dass ich mir alles nur einbilden würde, bin ich noch lange nicht!* Wie erwartet liess sich die Türe durch leichten Druck auf die Türklinke öffnen. Abgeschlossen brauchte sie nicht zu werden, betrat doch seit langem niemand anderes ausser Hans Rudolf dieses Zimmer. Bis jetzt. Voller Spannung auf das Unbekannte setzte sie langsam, mit einem ungewohnten Kribbeln im Bauch, Fuss vor Fuss.

TINA

„Das war äusserst kritisch gestern Nacht", arg-
wöhnte Hans Rudolf. „In Zukunft müssen wir wieder exakter vorgehen, sonst kann alles auffliegen. Es
ist schliesslich schon schlimm genug, dass wir unser
Zielobjekt nicht finden konnten. Dies wäre vorerst
unser letzter Auftrag gewesen." Traurig blickte Tina
in die Luft. *Hoffentlich ist er mir nicht zu böse.* bedau-
erte sie ihr Vergehen.

„Was sollen wir denn jetzt nur tun?" fragte sie
ihn in sich anbahnender Verzweiflung. Am Firmen-
telefon wollte er darüber nicht weiter diskutieren.
Er schlug vor dies nach Feierabend bei ihrem tradi-
tionellen gemeinsamen Spaziergang der Strasse
entlang zu besprechen. Das war für Tina in Ordnung. Schien nun alles wieder seinen gewohnten
Lauf zu nehmen. *Ich könnte mich bis dahin um meine
Kunden kümmern,* überlegte sie sich. Diese schauten
jedoch seit jeher nur sehr spärlich vorbei.

Tina war freischaffende Designerin für Hundemode. Sie kombinierte nie zweimal dieselben Kleidungstücke, weder für sich selbst noch für die Hunde ihrer Kunden. Ihre Wohnung verglich man(n) gerne mit einem zu gross geratenen Kleiderschrank. Alle drei Zimmer waren mit Kleidern überfüllt.

Tina konnte man blind vertrauen, ihren Worten folgten immer Taten. Ihr freundliches aufopferndes Wesen gab ihr ab und zu selbst auf die Nerven. Sie nahm sich oft vor, sich nicht mehr alles gefallen zu lassen. Diesen Vorsatz einzuhalten gelang Tina zu ihrem eigenen Ärgernis nur sehr selten.

Hans Rudolf führte sie vor sieben Jahren in die Organisation ein. Er war schon lange dabei. Sein Vater und seines Vaters Vater gehörten zur Elite. Er selbst bekleidete nur den Rang eines einfachen Gruppenleiters. Für den weiteren Aufstieg standen ihm lange sein eigenes Misstrauen und seine zu offen geäusserten Vorwürfe über den plötzlichen Tod seines Vaters vor siebzehn Jahren im Wege. Tina arbeitete nicht nur als Hans Rudolfs Assistentin. Sie führte auch Aufträge für den oberen Kader aus und verdiente sich damit ein ansehnliches Taschengeld. Nur so konnte sie sich ihren aktuellen Lebensstandard leisten. Ihr derzeitiges Ziel bereitete ihr jedoch grossen Schwierigkeiten. Sie musste den Maulwurf aufspüren, der innerhalb den unteren Rängen vermutet wurde. In letzter Zeit lief bei einigen Projekten etwas schief, was nicht nur auf menschliches Versagen zurückgeführt werden durfte. Als mögliche undichte Stelle nannte man ihr Hans Rudolf. Sie vermutete aber, dass man ihm nur etwas in die Schuhe schieben wollte. Stand er schliesslich trotz seines tiefen Ranges in der Gunst des Onkels. Der Onkel war der oberste Chef der Organisation. Niemand kannte seinen richtigen Namen. Es war Tradition, dass derjenige der das Sagen hatte, seinen Namen ablegte und fortan nur noch mit „Der Onkel" angesprochen wurde. Genauso wie die Organisation keinen Namen hatte und von allen nur „Die Organisation" genannt wurde.

Den Vorfall vom Vorabend musste Tina auf ihre eigene Kappe nehmen. Fast wären sie wegen ihr aufgeflogen. Sie hatte den ganzen Zeitplan durcheinander gebracht, indem sie ihr goldenes Armband mit Hans Rudolfs Initialen liegen gelassen hatte. Zuerst tat sie dies wie von oben befohlen. Mit der Zeit meldete sich ihr Gewissen zu Wort und sie erzählte ihm, dass sie es irgendwo verloren habe. Er war mächtig sauer, konnte es aber nach kurzer Suche wieder finden. Dadurch blieb ihnen jedoch nicht genug Zeit um das eigentliche Ziel ihres Auftrages zu vollenden. Sie werden nochmals hin gehen müssen, wobei das Risiko entdeckt zu werden viel höher sein wird. *Ich hoffe er verzeiht mir. Ich darf mich nicht mehr dazu aufwiegeln lassen mich gegen ihn zu wenden!* kritisierte Tina sich selbst. *Aber wann zieht er denn endlich von zu Hause aus?* ärgerte sie sich nun auch über ihren Freund. Als sie sich vor drei Jahren eine neue Wohnung suchen musste, hatte sie ein grosses Dreizimmerappartement gemietet, das für sie alleine viel zu teuer war. Sie hoffte damals, ihn so indirekt beeinflussen zu können, damit er bei ihr einziehen würde.

„Es kann doch nicht sein, dass ein Mann sich mit achtunddreissig Jahren noch bemuttern lässt. Auch wenn das seiner Tarnung nur zugutekommt und das Bild vom langweiligen, weltfremden Buchhalter perfektioniert. Diese Art von Beziehung nervt mich total. Irgendwann will auch ich eine richtige Familie gründen. Lange mag ich darauf nicht mehr warten!" murmelte sie vor sich hin und geriet dabei richtiggehend über Hans Rudolf in Rage. Sie bemerkte das aufblitzende Lächeln im Gesicht des Mannes im grau-braunen Soldatenmantel nicht. Dieser folgte ihr bereits seit einigen Häuserblocks ohne sich die Mühe zu machen nicht gesehen zu werden.

DAS TAGEBUCH (I/X)

Maria trat ein, schaute sich um und staunte nicht schlecht über die Unordnung die sie erwartete. *Mein sonst so ordentlicher Sohn soll in diesem Durcheinander hausen?* fragte sie sich. Nur mit Mühe konnte sie sich davon abhalten das Zimmer aufzuräumen. Da lag die bereits getragene Wäsche gleich neben dem Stapel frisch gewaschener, die darauf wartete im Schrank verstaut zu werden. Das Bett schien seit Tagen nicht mehr gemacht worden zu sein und ein Bettwäschewechsel zudem überfällig. Auf dem Schreibtisch standen angefangene Schokokekstüten, die ziemlich abgenutzte Tastatur sowie direkt neben dem Flachbildschirm ein Kaffeebecherturm, der beinahe am Umfallen war. Auf dem Boden lagen Finanz- und vor allem Erwachsenenzeitschriften unordentlich gestapelt umher. Doch was überhaupt nicht ins Schema passte, war der Papierkorb. Dieser schien gänzlich leer und sauber zu sein. Sie schaute genauer hin und tatsächlich war dort nichts drin.

Maria hoffte, dass ihr Sohnemann einfach nur zu viel um die Ohren hatte und deshalb nicht aufräumte. Etwas anderes konnte sie sich nicht vorstellen und lag damit nicht einmal so falsch.

Wo soll ich mit der Suche beginnen? überlegte sie sich. Als erstes öffnete sie das Fenster und frische Luft strömte in den muffig riechenden Raum. Danach liess sie ihre Augen noch einmal durch das Zimmer schweifen. Gross war es nicht. Drei auf fünf Meter mass es im Grundriss. Hinter der Eingangstüre war ein Wandschrank, wie in jedem Zimmer des Hauses. Daneben Stand der Schreibtisch, rechts davon das Fenster mit Blick auf die Seitengasse. Ein durchgelegenes Doppelbett stand an der Aussenwand in der Ecke und daneben beim Kopfende eine kleine Pressholzkommode, darauf eine verdorrte Rose. Sie wollte diese sogleich in den Mülleimer werfen, besann sich dann eines besseren und liess sie liegen. Eine altmodische Hängelampe komplettierte die Innenausstattung. Der Raum war nicht wirklich gemütlich eingerichtet.

Was ist denn das? Eine geheime Verbindungstüre zu

Theodors Arbeitszimmer? stellte sie mit Entsetzen fest als sie die Türklinke und die dazugehörigen Konturen an der sonst normal tapezierten Wand entdeckte. Sie konnte die Türklinke nicht hinunter drücken und komischerweise kein Schlüsselloch oder ähnliches entdecken.

Plötzlich wusste sie wo sie mit der Suche zu beginnen hatte: Unter seinem Bett. Mit ihren dreiundsechzig Jahren beugte sie sich vorsichtig herunter und versuchte etwas zu entdecken. Aber es war darunter zu dunkel um etwas zu erkennen. Eine Taschenlampe besass sie nicht. Es gab nur eine Möglichkeit. Sie streckte ihren Arm aus und hoffte nichts Ekliges zu ertasten. Auch hier schien gebrauchte Wäsche zu liegen. Einen mit Erde verkrusteten Schuh ertastete sie ebenso. Doch die gewünschte Pappschachtel, welche sie von ihrer Lieblings Krimiserie kannte, fand sie nicht.

Mühsam erhob sie sich und stiess mit ihrem linken Knie schmerzhaft an die Kommode. Die Rose fiel in den freigelassenen Spalt zwischen Kommode und Wand zu Boden. Sie bemerkte nicht, dass sich

durch den Stoss die Deckplatte der Kommode verschoben hatte. Noch hatte sie Zeit bis Hans Rudolf
nach Hause kommt. Es war erst neun Uhr morgens.
Enttäuscht ging sie in die Küche um bei einem langen schwarzen Kaffee neue Kräfte zu sammeln.

AM TATORT

„Das gefällt mir nicht. Das gefällt mir nicht. Das gefällt mir nicht!" murmelte Inspektor Käfer vor sich hin.

„Beruhigen sie sich doch endlich Herr Inspektor."

„Nein, nein, nein! Das kann einfach nicht sein. Welcher Idiot bricht denn in die viktorianische Villa des Multimillionärs Jean-Jacques Hugo ein und lässt nichts mitgehen? Das gefällt mir einfach überhaupt nicht."

„Vielleicht wurden die Täter überrascht?"

„Von wem denn Bruno? Der reiche Hugo weilte mit seiner Frau in seinem Zweitwohnsitz am Meer. Er kam erst heute früh zurück, da ihn wichtige Geschäfte erwarteten. Hier gibt es nur die Videokameras, sowie all die ‚Komm nicht zu nahe!' und ‚Bissige Hunde' Schilder aussen an der drei Meter fünfzig hohen Mauer um das Anwesen."

„Warum sind wir dann überhaupt hier?"

„Jean-Jacques hat die Angewohnheit sich jeden Morgen die Überwachungsfilme im Schnelldurchlauf anzusehen. Dabei hatte er plötzlich für einen Augenblick einen schwarzen Bildschirm vor seinen Augen. Erst glaubte er, er habe sich getäuscht. Er spulte zurück und sah sich die fragliche Stelle genauer an. Obwohl der Videorecorder lief war während fünf Minuten nur ein schwarzes Bild auf dem Fernseher zu sehen. Dies konnte seines Erachtens einzig und alleine bedeuten, dass die Überwachungskameras ausgeschaltet wurden. Daraufhin erstattete er Anzeige und nun sind wir hier."

„Interessant…"

„Naja, die Bilder auf dem Band scheinen mir das einzige zu sein, was hier fehlt."

„Dann legen wir den Fall doch einfach wie üblich zu den Akten und gehen gemütlich einen Donat essen."

„Das geht nicht! Dieser selbstverliebte Multimillionär ist doch der Golfkollege von unserem Polizeivorsteher Fangmann. Und eben dieser will einen ausführlichen Bericht um der Presse einen Schuldigen auf dem Silbertablett präsentieren zu können. Ansonsten wird er mich in die Frühpension schicken. Dann würde meine Rente um dreizehnkommasechs Prozent tiefer angesetzt. Zudem müsste ich auf den Treue-Bonus für meine vierzig Dienstjahre verzichten. Den werde ich nächsten Sommer zugute haben. Von was soll ich denn nach meiner Pensionierung leben? Am Schluss muss ich noch beim Supermarkt die Einkaufwagen zurückstellen um wenigstens Marmelade auf mein Butterbrot streichen zu können. Oh nein! Ich mag gar nicht daran denken."

„Nun machen sie sich nur keine Sorgen, wir fangen den Täter in Windeseile oder aber wir schauen, dass sich der Fall bis zu den Wahlen im Herbst hinzieht. Die Karten vom Fangmann zur Amtsverlängerung sind ohnehin schlecht. Er hat sich schliesslich bereits einige Patzer geleistet."

„Ha! Sei bloss Vorsichtig mit deinen Aussagen. Wenn dich die Internen hören, werden wir beide noch zum Verkehrsregeln abkommandiert. Dahingegen ist mir selbst die Frühpension noch lieber."

„Ich bring die Videos zu Karl Heinz, wenn es da eine Manipulation gab wird er sie finden."

Warum muss Bruno immer bis zum Schluss warten, bis er endlich mit seinen guten Ideen rausrückt? ärgerte sich Inspektor Käfer und stieg auf der Fahrerseite in seinen graublauen Dienstwagen.

DAS TAGEBUCH (II/X)

Endlich! Maria wollte die Suche schon aufgeben. Nach weiteren neunzig Minuten des Durchwühlens von Hans Rudolfs Sachen hielt sie erschöpft inne. Froh und doch skeptisch was sie erwarten würde, sah sie auf die grün-rot-gestreifte Metallbox herab. Sie vermutete, dass sich Hans Rudolfs Tagebuch darin befand. *Er ist doch mein Sohn!* freute sie sich. *Seit Menschengedenken schreiben meine Verwandten Tagebücher. Das liegt uns im Blut.* Trotzdem ärgerte sie sich, wie sie solange übersehen konnte, dass die Deckplatte der Kommode einen Spalt offen stand.

Wenig später setzte sich Maria an den Wohnzimmertisch und öffnete vorsichtig die Box. Aufgewühlter schwarzer Staub kam ihr entgegen. Das Tagebuch schien verbrannt worden zu sein. Enttäuscht griff sie hinein und fühlte etwas Festes in der Hand. Freude strahlte von ihrem Gesicht. In der Asche verborgen fand sie tatsächlich das Tagebuch von Hans Rudolf. Behutsam nahm sie es heraus und klopfte die Asche ab. Maria öffnete das Geheimnis bewahrende Buch auf der ersten Seite, gespannt, was sie erwarten würde.

Dienstag,

Was für ein Malheur! Vater hat mein geliebtes Tagebuch entdeckt. Nur mit ihm teilte ich all meine Geheimnisse, doch Vater verstand das nicht. Er hat es vor meinen Augen verbrannt. All meine Notizen gingen in Rauch auf, nur dieser kleine Haufen Asche blieb mir. Ich muss vorsichtiger sein, doch zu schreiben werde ich nicht aufhören. Soll er das doch predigen bis er schwarz wird! Aber ich werde ihm im Glauben lassen, dass ich meine Gedanken nicht mehr notiere. Mein neues kleines Vertrautes wird er niemals finden!

Wie lange liegt dieser Eintrag wohl zurück? rätselte sie. *Die zwei haben wohl irgendwas zusammen ausgeheckt was niemand erfahren sollte. Schade, dass mein Hans Rudolf nur den Wochentag und kein Datum ver-*

merkt hat. Die Kuckucksuhr schlug elf Uhr und Maria vertiefte sich sogleich wieder in die schwer leserlichen Texte ihres Sohnes.

Montag,

Irgendetwas ist faul. Die Informationen für unseren letzten Auftrag stimmten nicht. Jemand will die Machtverhältnisse innerhalb der Organisation neu gliedern. Doch Vater hört nicht auf mich.

Sie verstand nur Bahnhof.

Samstag,

Was für eine Anmut. Was für eine Persönlichkeit. Und sie ignorierte mich nicht einmal. Schon lange hab ich keine so angenehme Bekanntschaft mehr gemacht. Ich träume nur noch von ihr. Kann es nicht erwarten sie wiederzusehen. Oh Tina, du machst mein Leben erst richtig lebenswert. Aber was mach ich mit meiner geheimen Aufgabe, werde

*ich sie je einweihen können? Ich will alles mit ihr
teilen. Schauspielerei wie Vater mit Mutter werde
ich kurz über lang nicht mitmachen.*

Die nächsten dreizehn Seiten waren im Grossen
und Ganzen nicht zu entziffern. Ab und zu konnte
sie ein Wort lesen, doch einen Zusammenhang
konnte sie sich nicht bilden. Hans Rudolf hatte hier
alles in einer abscheulichen Schrift niedergekritzelt.
Die meisten Buchstaben konnte man kaum mehr als
Teil des deutschen Alphabetes erkennen. *Er schreibt
genauso wie sein Vater!* ärgerte sich Maria und erinnerte sich, dass sie seine kleinen Zettel mit Nach-
richten, meistens nicht lesen konnte. Es war ihr aber
zu peinlich um nachzufragen und so warf sie diese
jeweils unter leisem Bedauern in den Papierkorb.

Trotz des ungewöhnlichen Verhaltens ihres Sohnes von der letzten Nacht bekam Maria langsam ein
ungutes Gefühl. *Mache ich wirklich das richtige? War
es nicht reichlich hinterhältig sein Zimmer zu durchwüh-
len und in seinem Tagebuch zu lesen. Vielleicht hatte*

*Hans Rudolf gestern einfach einen schlechten Tag er-
wischt...* Zweifel stiegen in ihr auf. Sie fühlte sich bedrückt. Es wurde ihr langsam zu viel. Da fiel ihr Blick wieder auf den Brief. „Nein!" rief sie lautstark aus. „Hier stimmt doch etwas nicht!" und nahm das Tagebuch wieder zur Hand um der Sache auf den Grund zu gehen.

Tinas Mobiltelefon

„In Ordnung, stellen sie den Anruf durch."

...

„Guten Tag, sie sprechen mit Bankdirektor Egger, wie kann ich ihnen helfen"

...

„Tina? Na bist du den übergeschnappt? Wie kommst du nur auf die Idee mich über diese Nummer anzurufen?"

...

„Was? Du hast dein Mobiltelefon verloren und rufst mich aus einer Telefonzelle an? Oh nein, sag, dass das nicht wahr ist. Das wird ja immer besser!"

...

„Wie, geklaut?"

...

„Du lässt dich einfach von einem älteren Herrn,

der im Sommer mit einem schäbigen Mantel herum-
läuft, anrempeln und dir dein Mobiltelefon abnehmen?"

...

„Was, du hast darauf alle dir bekannten Nummern unserer Organisation gespeichert? Das ist ja
zum Haare ausraufen!"

...

„Du dumme Kuh! Ich hatte grosse Hoffnungen
in dich gesetzt. Doch du schaffst es nicht auch nur
etwas richtig zu machen. Wie mir gerade eben erzählt wurde lief auch dein Auftrag von gestern
Nacht schief. Bist du denn für irgendwas zu gebrauchen?"

...

„Sei still! Ich will keine faulen Ausreden hören.
Du wirst dich heute um dreizehn vor dreizehn Uhr
im Restaurant an der siebten Ecke einfinden, der
Tisch im Séparée ist auf den üblichen Namen reser-
viert. Ich werde dir dort dann klar und deutlich

sagen, wie es weitergeht. Dein Check für diesen Monat ist in jedem Fall schon so gut wie gestrichen. Das verspreche ich dir."

...

„Du kannst nicht? Pah! Ich erlaub mir keine Wiederrede, du wirst da sein. Basta!" sprach es aus und knallte den Hörer voller Wut auf die Gabel.

DIE PRAKTIKANTIN

„Kommst du mit zum Italiener?" fragte Kuno seinen Arbeitskollegen, der Chef und seine beiden Assistentinnen Nina und Lisa seien wie üblich mit von der Partie. Hans Rudolf ging nicht mit. Er habe zu tun, lautete seine Antwort und hoffte dadurch einige Zeit für sich alleine zu haben. Das Essen beim Italiener nahm meist mehr als die üblichen einein- halb Stunden Mittagpause ein. Kaum waren sie weg, freute er sich schon über die Ruhe die sich im Büro ausbreitete. Weder klingelnde Telefone noch das endlose Gelaber der beiden Sekretärinnen wa- ren zu hören. Die selige Stille währte nicht lange. Wie bereits die tags zuvor, als er ebenfalls nicht mit den anderen zur Mittagspause ging, hörte er wie jemand das Radio auf einen trendigen Sender ein- stellte und laut aufdrehte.

„Nicole ist demnach auch noch da", murmelte er gedankenverloren vor sich hin. Das störte ihn nicht allzu sehr, da er annahm, dass sie wieder ihre

Schminke nachbessern und den ganzen Mittag lang mit ihren Kolleginnen chatten würde. Hans Rudolf holte sich den gewohnt zu heissen Kaffee vom Automaten. *Wann erhalten wir wohl endlich die versprochene Kaffeemaschine?* dachte er verärgert. Sein Gaumen schmerzte vom ersten Schluck, den er wie immer zu früh genossen hatte. Zurück an seinem Platz lehnte er sich in seinem Bürostuhl nach hinten und zerraufte sich die Haare auf dem Hinterkopf. Trotz seiner achtunddreissig Jahren waren diese noch üppig wie eh und je.

„So wird das wohl nie was!" rief Nicole durch das triste Grossraumbüro und meinte damit seine Frisur. Er hörte sie nicht, zu sehr quälten ihn seine Gedanken. Seit langem beschäftigen sie ihn schon. Lösen konnte er seine Probleme bisher noch nicht, was sie nicht gerade weniger werden liessen.

„Wann krieg ich das endlich in den Griff?" fragte er sich laut ohne es selbst zu bemerken.

„Gib mir zehn Minuten, dann komm ich rüber und zeig dir wie das geht." ertönt es von Nicole, die sich angesprochen fühlte. Er hörte sie wiederum nicht. Da waren nicht nur all die Querelen rund um die Organisation, auch der Job hier ödete ihn langsam an. Sein Vater hatte ihm damals, als er noch klein war, eingetrichtert, dass dies die perfekte Tarnung sei. Wer traue schon einem in einer die Welt der Zahlen versunkenen Buchhalter etwas Ausserordentliches zu? Für ihn waren die Worte seines Vaters lange das einzig Wahre. Er wollte so werden wie er, eiferte ihm in allen Belangen nach. Als er das vierte Jahr am Gymnasium beendet hatte, brach er die Schule ab und begann bei der KartoffelKekse GmbH eine kaufmännische Lehre. Seine Mutter war anfangs mit seiner Entscheidung nicht einverstanden. Doch sie sah bald ein, dass sie sich gegen Ehemann und Sohn nicht durchsetzen konnte, überzeugte ihn jedoch wenigstens mit der Berufsmatur abzuschliessen. Als kleiner Junge hatte er noch keine Ahnung was die Organisation eigentlich tat. Sie war etwas mystisches, verbotenes mit einem Schuss Agentenromantik. Seine Aufnahme und den Eid sein Leben in ihre Dienste zu stellen konnte er nicht erwarten. Als es soweit war, fühlte er sich als grosse Persönlichkeit mit geheimen Doppelleben, umschwärmt von den Schönen und Reichen, gefürchtet von seinen Widersachern.

Plötzlich spürte er kühle feuchte Hände in seinen Haaren und erschrak fürchterlich.

„Hey, nur keine Angst, ich weiss schon wie ich einen Trendsetter aus dir mache!" liess Nicole verlauten und trat noch näher an ihn ran. Hans Rudolf konnte ihren Atem im Nacken fühlen. Langsam löste sich die Erstarrung in ihm.

„Was soll das?" wollte er wissen.

„Hab ich dir doch gesagt", antwortete sie schroff. „Vorhin hattest du nichts dagegen einzuwenden. Pah, Männer!" sprach es aus und lief wie eine gekränkte Henne davon.

Er konnte sich an nichts erinnern. Da sie aber wieder weg war, dachte er nicht mehr weiter darüber nach. Was er schon früh nicht verstand, war die Schauspielerei vor seiner Mutter. *Warum durfte sie nichts von alldem wissen?* fragte er sich immer und immer wieder. Mit den Jahren getraute er sich diese Frage seinem Vater zu stellen. Dieser war äusserst erstaunt gewesen, dass so etwas seinen Sprössling überhaupt beschäftigen konnte. Sie hätten keine andere Wahl, war die klare Antwort und dieses Thema wollte sein Vater nie wieder ansprechen.

„Wie gefällt dir meine neue Haarfarbe?"

„Ach lass mich doch in Ruhe!" murmelte Hans Rudolf verzweifelt vor sich hin. „Gefällt mir super!" interpretierte Nicole seine unverständlichen Laute und freute sich total.

„Cool! Danke!"

Inzwischen fand er es nicht mehr richtig. Deshalb weihte er Tina kurz nachdem sie zusammen gekommen waren ein und machte sie mit einigen Leuten bekannt. *Doch wie sollte ich das alles meiner Mutter erklären?* Er und sein Vater hatten sie ihr ganzes Leben lang angelogen. Hans Rudolf hatte es schon oft versucht dieses Thema zur Sprache zu bringen, aber im entscheidenden Moment verliess ihn immer der Mut. Diese Last drückte immer mehr auf seinen Schultern. Er fühlte sich zeitweilen sogar als Versager. Das war aber bei weitem nicht das einzige Problem, welchem er sich endlich stellen sollte.

„Findest du mich hübsch?" rief Nicole hinter ihrem PC hervor.

„Was?" fragte er, voll aus seinen Gedanken gerissen, ohne den blassesten Schimmer zu haben um was es sich hier handeln könnte. Nach „Krass!" klang es in ihren Ohren.

„Oh Hansi! Wusste ich doch, dass du auf mich stehst! Es ging nicht an mir vorüber. Du bleibst, seit ich meine Haare kupferrot gefärbt habe, immer mittags da. Versuchst wohl mich heimlich zu beobachten. Na, na, mein Lieber, da hab ich dich ja voll erwischt."

„Ähm, halt mal inne. Was redest du für ein Stuss?"

„Pah! Typisch Männer!" gibt sie nur zurück und tippt wieder wie verrückt auf ihre Tastatur ein.

Er konnte sich keinen Reim machen, was sie gerade gesagt hatte, nahm seinen kaltgewordenen Kaffee im Plastikbecher, stand ans Fenster und verlor sich auf das Nachbarhaus schauend ohne wirklich zu schauen wieder in seinen Gedanken.

Herzinfarkt, das war die Diagnose als Theodor vor siebzehn Jahren starb. Nicht für alle kam dies so plötzlich. Hans Rudolf hatte mitgekriegt, wie die Machtkämpfe innerhalb der Organisation immer stärker wurden. Er verstand bis heute nicht um was es damals ging. Sein Vater war einer der drei obersten Brüder. Darüber stand nur noch der Onkel. Er hatte einige Neider. Egger, damals noch Stellvertretender Bankdirektor, erbte den freigewordenen Platz. Soviel Hans Rudolf wusste, war er der grösste Widersacher von seinem Vater. Nachreden zu Folge soll er aus jeder Ecke Intrigen gestartet und dreckige Gerüchte in Umlauf gesetzt haben. Er hatte nur ein Ziel: Macht. Ursprünglich sah Theodor Hans Rudolf als seinen späteren Nachfolger. Doch sein Tod kam zu früh. Sein Sohn war noch nicht bereit, noch nicht einmal Grossneffe sondern erst ein einfacher Gruppenleiter. Seine Aufnahme in die Garde der Grossneffen war ursprünglich für zwei Wochen nach seines Vaters Herzinfarkt geplant. Doch Theodors plötzlicher Tod machte ihm einen Strich durch die Rechnung. Hans Rudolf liess daraufhin seinem Frust freien Lauf. Er äusserte all seine Vermutungen ohne zuerst Beweise zu sammeln. Nur sein gutes Verhältnis zum Onkel bewahrte ihn vor dem Schlimmsten. Im Verlauf der Zeit waren die Geschichten von damals in den Köpfen von fast allen verblasst. Dank seinen mehrheitlich guten Ergebnissen wurde erst kürzlich im Rat der Brüder über einen möglichen Aufstieg gesprochen. Mit der Ausnahme vom Egger, welcher sich in der Zwischenzeit zum Bankdirektor hochgearbeitet hatte, waren sich alle einig. Dieser hatte Angst durch den Aufstieg von Hans Rudolf an Einfluss zu verlieren.

Tina war Hans Rudolfs zweites grosses Sorgenkind. Sie zu verlieren, käme für ihn dem Weltuntergang gleich. Sie hatte ihm bereits gedroht ihn zu verlassen. Das machte ihm grosse Angst. Aber er wusste einfach nicht, wie er es anstellen sollte. Er wollte schon lange mit ihr zusammen ziehen. Trotz stundenlangem Überlegen wusste er nicht, wie er dies zur Sprache bringen könnte. Konnte er einfach zu seiner Mutter gehen und sagen „Hallo Mama, ich gehe." Sie wäre zu Tode erschüttert, so glaubte er. Tina verstand sein Problem nicht. Sie war an ihrem achtzehnten Geburtstag von Zuhause ausgerissen um der Welt auf eigene Faust entgegenzutreten. Zudem wusste er nicht wie er alle seine Dinge aus seines Vaters Zimmer, sowie die geheimen Akten der Organisation unbemerkt zügeln könnte. Weder der Bankdirektor Egger noch der Onkel wussten, dass sich diese in seinem Besitz befanden. Zudem würde spätesten dann das versteckte Zimmer, das sein Vater angelegt hatte zum Vorschein kommen. Hans Rudolf hatte sich bereits öfters überlegt die zweite Türe in seinem Zimmer zuzumauern und neu zu tapezieren. Handwerkliches Geschick besass er, doch dann könnte er auch nicht mehr unbemerkt in Theodors Arbeitszimmer gehen, wo sich der Eingang zum geheimen Archiv befand. Er wusste keine Lösung. *Vielleicht brauche ich mal einige*

Tage Zeit und Ruhe um klar denken zu können, überlegte er sich.

„Na Lieber, lädst du mich heut zu einem romantischen Abendessen in trauter Zweisamkeit ein?" mit diesen Worten holte Nicole Hans Rudolf wieder zurück in die Realität. Sie stand ganz nahe bei ihm. Er fühlte sich ziemlich mulmig und doch leicht erregt. Unattraktiv war sie überhaupt nicht, dies wusste sie durch ihre Kleidung und ihren kecken Ausdruck noch zu betonen. „Meine Eltern sind ein paar Tage weg. Ich habe heut Nacht sturmfrei. Na?"

„Lass mich in Ruhe!" fauchte er sie zornig an und stiess sie, ohne zu achten wo er sie anfasste, mit beiden Händen weit von sich weg.

DIE NACHRICHT

Tinas Mobiltelefon klingelte. *Der Ton passt zu ihr,* dachte sich der Mann im grau-braunen Mantel, als er drei Hunde im Chor aus dem Handylautsprecher bellen hörte. Er ging nicht ran, schaute sich nur die Nummer an und lächelte.

Das Mobiltelefon war wieder still, bis ein klagendes Bellen die eine eingegangene Nachricht auf dem Anrufbeantworter verkündete. Er wollte schon versuchen die Nachricht abzuhören, als das Telefon einen weiteren eingehenden Anruf verkündete, von derselben Person wie zuvor. Er wartete und ein weiteres SMS zeugte davon, dass hier jemand Tina unbedingt etwas zu sagen hatte. Nun blieb es wieder stumm wie schon die ganze Zeit zuvor. Neugierig wählte er im Menu den Anrufbeantworter aus um ihn abzufragen. Es funktionierte! Kein Passwortschutz war aktiviert.

„Wo warst du? Du dumme Schlampe. Wagst es mich zu versetzen. Das kannst du nun ausbaden. Du hast deine letzte Chance vertan! Von mir kannst du keinen Check mehr erwarten. Du bist doch von allen guten Geistern verlassen. Lässt mich warten. Ich der sich deiner annahm und dich tiefer in die Organisation einführte als dein Hanswurst je könnte. Du warst meine Agentin, das einzige was du tun solltest, war meine Befehle zu befolgen, dich umzuhören und mir persönlich Bericht zu erstatten. Eine einfache Aufgabe, doch du hast versagt! Obwohl du selbst immer sagtest, dass du das Geld unbedingt brauchst und grossen Spass an unseren Spielchen hattest. Wie kann man nur so dumm sein! Du warst ein Nichts und genau dahin werde ich dich jetzt zurückbefördern. Was anderes hast du nicht verdient. Niemand..."

Die Zeitbegrenzung hatte Bankdirektor Egger mitten im Wort unterbrochen. *Interessant*, fand der Mann im Mantel, *dies wird mir sicher noch von Nutzen sein*, und hörte sich die zweite Nachricht an.

„Scheiss Anrufbeantworter! Stell den doch gefälligst so ein, dass ich ausreden kann. Du hast es gewagt dich mit mir anzulegen, jetzt trage die Konsequenzen. Deinen Job bei mir bist du ein für alle Mal los! Hanswurst werde ich auch weichkochen. Er wird dich degradieren müssen, oh ja ihn werde ich schon dazu bringen. Du wirst zum gemeinen Diener der Organisation werden. Und dein Hansilein steht dank dir ebenfalls knietief in der Scheisse. Da siehst du was passiert. Ha! Sei glücklich, dass ich dich nicht gleich einer Gehirnwäsche unterziehen lasse und ganz rauswerfe. Na warte..."

Einen kurzen Augenblick lang hörte man nur den aufgeregten Atem des Anrufers.

„...Scheisse, was bin ich für ein Idiot. (Das Telefon wurde ja geklaut.) Ich Trottel, Trottel, Trottel, totaler Volltrottel..."

Ein Scheppern, als ob das Telefon an die nächste Wand geworfen wurde, beendete die zweite hinterlassene Nachricht.

Der geheimnisvolle Mann überspielte die Nachricht auf seinen MP3-Spieler. Er freute sich nach den Startschwierigkeiten nun einen Hinweis nach dem anderen zu erhalten. Er wusste von seinem Auftraggeber, dass Egger eine wichtige Position im Bunde innehatte. Er war per Zufall dabei, als der Bankdirektor bei einem Wohltätigkeitsanlass über die Stränge geschlagen hatte. In seinem Suff bluffte er von der Organisation und seiner uneingeschränkten Macht, die er dadurch habe.

Nun ist es an der Zeit, mehr Infos über Hans Rudolf zu sammeln, beschloss der Mann im Mantel. Der Vorname der Mutter seiner neuen Zielperson kam ihm bekannt vor. Aber zuordnen konnte er ihn nicht. Auch in seinem elektronischen Gedächtnis fand er keine weiteren Daten zu dieser Familie. Er wurde etwas skeptisch, hatte er doch in seinem Notebook alles, was er in den letzten Jahren erlebte, minutiös gespeichert. Dies war seine einzige Chance nicht gleich wieder alles zu vergessen. Seit sein Ge-dächtnis bei einem schicksalhaften Ereignis vor dreiundvierzig Jahren irreparabel beschädigt wur-de, litt er an einer anterograden (vorwärts gerichte-ten) Amnesie. Was zur Folge hatte, dass sein Lang-zeitgedächtnis seit diesem Zeitpunkt keine neuen Informationen mehr aufnehmen konnte.

DAS TAGEBUCH (III/X)

Bei den Einträgen liess sich keine regelmässige Periode feststellen. Es schien, dass er nach Lust und Laune notierte, was ihn beschäftigte. *Für einen Buchhalter ist das reichlich ungewöhnlich*, fand Maria. Ihre Grossmutter erzählte ihr einmal vom Tagebuch ihres Mannes, der ebenfalls Buchhalter war. Dieser schrieb jeden Tag, um dieselbe Uhrzeit, in exakt gleichvielen Zeichen seine Gedanken auf. Kam etwas dazwischen, war er für den Rest des Tages jähzornig und zu allen äusserst unangenehm. Der ganze Tagesablauf war auf die Minute vorbestimmt. Auf Reisen gab es immer grosse Probleme. Kam der Zug fünf Minuten zu spät, war ein grosser Aufstand gewiss. Er diskutierte dann immer eindringlich mit dem Begleitpersonal und wollte die Gründe für die Unpünktlichkeit ausführlich dargelegt haben. So geschah es oft, dass sie dadurch den Anschluss verpassten. Natürlich war dies dann wieder die Schuld aller anderen. Das führte zu vielen unangenehmen und peinlichen Situationen. Irgendwann weigerte sie sich mit ihrem Grossvater auf Reisen zu gehen. Er schimpfte dann, dass die Jugend nichts mehr tauge und ihrer ehrwürdigen Verwandten nicht zur kleinsten Freude zu verhelfen bereit wäre. Und so weiter. Maria fand noch heute, dass seine Schimpf-tiraden das kleinere Übel waren.

Freitag,

Morgen ist es soweit. Vater wird mich einweihen. In was wollte er nicht sagen. Mama fährt übers Wochenende zu ihrer Schwester. Dies bietet die Gelegenheit. Sie wird uns nicht stören. Zwei ganze Tage mit Vater allein. Ich weiss nicht ob es das schon jemals gab. Meist beschränkten sich unsere Unternehmungen auf einige Stunden. Oft schrie-ben wir uns auch einfach eine Notiz und legten Sie einander unter die Mausmatte. Dies ohne das Mama etwas bemerken konnte. Denn Papa hatte die grandiose Idee eine Verbindungstüre zwischen unseren Zimmern einzubauen. So konnten wir Mama viel einfacher aus allem raushalten. Er

schärfte mir aber trotzdem ein, die Türe immer ge-
schlossen zu halten. Seine Angst, dass etwas ent-
deckt werden könnte, ist inzwischen zu einer Pa-
ranoia angewachsen. Um was geht es hier über-
haupt? Noch immer weiss ich nicht, was das Ziel
der Organisation ist. Schon viele Aufträge hab ich
ausgeführt, ja gar geleitet. Stapelweise Informatio-
nen beschafft, schlau daraus wurde ich bisher
nicht. Konnte das meiste davon gar nicht entzif-
fern. Morgen soll es aber nun soweit sein. Mein
blindes Vertrauen zu Vater wird belohnt. Er wird
mich in die Geheimnisse einweihen oder mir doch
nur eines anvertrauen? Zweifel beschleichen mich
immer mehr, dass er mich schon als voll wahr-
nimmt und nicht noch immer nur das kleine aben-
teuerlustige Kind in mir sieht.

Nun war es Maria klar, weshalb sie die Türe zwischen den beiden Zimmern nicht kannte. Sie wurde
erst später eingebaut. Wohl ebenfalls während einem der vielen Besuchen bei Ihrer lieben Schwester.
Schon lange war sie nicht mehr bei ihr gewesen.

Was war nur geschehen, dass ihr früher so fabelhafter Kontakt abgebrochen war. Seit dem plötzlichen Tod ihres Mannes hatte sie vieles vernachlässigt und noch mehr Gewohnheiten aufgegeben. Erst aus Schmerz, dann weil ihr die Kraft fehlte in den früheren Alltag zurückzukehren. Ein Freund nach dem anderen liess seltener von sich hören. Denn sie rief ebenfalls immer weniger oft an, ging selbst ihre Bekannten ausserhalb der Stadt kaum mehr besuchen. Eines führte zum anderen. Ihr damals schon erwachsener Sohn wurde zu ihrem einzigen Lebensinhalt.

Hatte ich ihn wohl die ganze Zeit zu sehr bedient, zu viele seiner Wünsche erfüllt? Sie konnte sich das nicht vorstellen. Sie empfand es für sich selbst als das Richtige. Es machte sie glücklich zu sehen, dass sie ihm Gutes tat. Sie nahm sich nun aber vor, sobald sie Hans Rudolfs Tagebuch fertig gelesen hat, ihre alten Freunde anzurufen. An erster Stelle ihrer Liste trug sie gleich in Gedanken ihre Schwester ein.

Sonntag,

Mama kam zu früh nach Hause. Vater sah sie kommen und brach ab. Das nächste Mal werde er mir noch mehr Geheimnisse enthüllen. Doch wann wird das sein? Eine gute Gelegenheit zu finden ist schwer. Seine Agenda war fast immer ausgebucht. Wenigstens kommt er immer pünktlich zum Essen. Als ich ihn darauf fragte, erklärte er mir, dass das sehr wichtig sei. Dass Essen biete eine gute Grundlage die Familie zusammenzuhalten. Wir sind nur eine kleine Familie, doch insgeheim wusste ich, dass er sich lange eine Menge Kinder wünschte. Wieso es nicht dazu kam, ist mir nicht bekannt. Zu Fragen getraute ich mich nicht. Ist es mir doch wichtiger endlich in alle Geheimnisse der Organisation eingeweiht zu werden. Gestern, gleich nach dem Mama weg war, rief er mich zu sich. Nach grossem Trallala, viel Lob und so fort, wie ich noch ihn noch nie eine Rede schwingen hörte, gingen wir in sein Zimmer. Er erklärte mir, was ich auch sehen werde, ich dürfe es Zeit meines Lebens niemandem anvertrauen. Die einzige Aus-

nahme wäre, wenn es mir der Onkel befiehlt. Der Onkel steht über meinem Vater, erfuhr ich so. Ich dachte bis anhin immer mein Vater sei der Chef. Schade, doch dir, liebes Tagebuch, kann ich vertrauen. Niemandem wirst du je etwas verraten. Niemand wird dich je finden, so gut bist du versteckt. Oh, Zeit zum Abendessen...

Der Rest der Seite war leer, die darauffolgende herausgerissen. Enttäuscht schaute Maria den leicht erkennbaren Riss an. *Jetzt wo es wirklich interessant wird, fehlt ein Teil,* ärgerte sie sich. *Was war nur passiert, dass diese Seite fehlte? Bekam mein Sohn mit der Zeit doch Angst, jemand könnte sein Tagebuch finden und entfernte die brisantesten Informationen?*

Sie klappte das Buch zu und schaute es sich genau an. Von aussen schien auf den ersten Blick nichts ungewöhnlich, abgesehen von den Ascheverfärbungen. Sie hielt das Tagebuch in die Luft und schüttelte es. Eine dunkle Staubwolke breitete sich aus. Doch sie beachtete sie nicht, für einmal war ihr die entstandene Unordnung gleichgültig. Ein loses Blatt fiel zu Boden. Schnell wurde ihr klar, dass ihre Ungeduld ein grober Fehler war. Die Stelle, wo sich die Seite befunden hatte, wird kaum mehr feststellbar sein. Sie hob das gesuchte Blatt vom Boden auf und sah es gespannt an. Der Anfang war ebenfalls abgerissen. Er hatte wahrscheinlich beim Heraustrennen nicht aufgepasst. Sie schaute noch Mal zu Boden, doch ausser der verstreuten Papierasche lag da nichts.

...und wir gingen...

Von wo nach wo fehlte, denn der Riss umschrieb hier eine Zacke.

Spinnweben und dicke Staubschichten zeugten davon, dass hier niemand sauber macht. Wer sollte auch, nach meinem Vater war ich erst der zweite, der diesen geheimen Raum betrat. Und Staubsau-

gen war nicht meines Vaters Stärke, dass weiss ich. Sein Arbeitszimmer würde ebenfalls im Staub versinken, würde ich mich nicht darum kümmern. Mama darf da ja nicht rein. Ich konnte es kaum glauben, so klein schien mir der Ort im Licht der kläglich funkelnden, nur lose an einem Kabel hängenden Glühbirne. Dies ist das geheime Archiv, erklärte mir Vater. Ich wollte sogleich einen der Ordner zur Hand nehmen, doch Vater schlug mir das sogleich aus dem Kopf. Dafür sei ich noch nicht bereit. Auch wollte er mir den geheimen Mechanismus um das Archiv zu öffnen noch nicht verraten. Ich war sehr enttäuscht.

MIETE

Ratlos stand Tina vor dem Geldautomaten. Sie hatte sich wieder einmal verschätzt. Ihr Konto war beinahe leer. Mit dem gewohnten Check vom Bankdirektor durfte und wollte sie nicht mehr rechnen. Zu viel hatte er sich ihr gegenüber erlaubt. Sie hoffte, dass diese Episode von ihrem Leben vorüber war. Die womöglich noch auf sie zukommenden Folgen ihres Bruchs mit Egger konnte sie nicht abschätzen. Beim blossen Gedanken daran empfand sie ein ungutes Gefühl.

Geldangelegenheiten waren nicht ihre Stärke. Seit sie von zu Hause fortgelaufen war, hatte sie immer wieder Probleme. Damals stand ihr Geld zuhauf zur Verfügung, doch eine glückliche Familie oder ehrliche Freunde gab es nicht. Niemand würde ihr glauben, wenn sie sagen würde wessen Tochter sie war. Ein Zurück gab es schon lange nicht mehr. Mit einundzwanzig Jahren, drei Jahre nachdem sie davongelaufen war, schrieb sie einen Brief an ihre

Eltern. Die Antwort war fatal. Ihr Vater schrieb ihr zurück, er habe keine Tochter. Sie solle ihn in Ruhe lassen, sonst sorge er dafür, dass sie den Rest ihrer Tage in einem Irrenhaus verbringe. Trotz allem was hinter ihr lag hatte sie keine solche Reaktion erwartet. Sie brauchte einige Wochen um sich von diesem Schock zu erholen. Von ihrer Mutter konnte sie ebenfalls nichts erwarten. Ihr war sie immer im Weg gewesen. Sie hatte nur ihre wöchentliche Cocktailparty im Sinn. Alles musste dafür perfekt sein. Da konnte man keine ungeschickte Tochter gebrauchen, die nicht wusste, wie es sich für eine Lady zu benehmen gehörte oder gar Wein auf das Kleid einer ihrer egozentrischen Gäste verschütten könnte. Ihre Mutter freute sich über ihre Absenz, als sie sich im Alter von sechzehn bei ihren Partys nicht mehr blicken liess. Sie bemerkte nicht, dass ihre Tochter in den verruchtesten Discos abstürzte.

Tina schaute nochmals auf das Display vom Geldautomaten. Ihr Kontostand hatte sich nicht verändert. Hätte sie etwas abgehoben, könnte sie ihre Miete nicht mehr bezahlen. Das wollte sie nicht riskieren. Die Geldkarte zurück im leeren Portmonee verstaut machte sie sich wieder auf den Weg nach Hause. *Ich werde Hans Rudolf um Rat fragen*, entschied sie sich. *Vielleicht weiss er als Buchhalter wie ich meine Finanzangelegenheiten wieder ins Lot bringen kann.* Seine Familie bewunderte sie, seit sie ihn kennenlernte. Schien zwar auch nicht alles zum Besten, doch sie hielten zusammen. Zudem kümmerte sich Maria hingebungsvoll um ihren Sohn. Wie gerne hätte sie so eine Mutter gehabt.

DAS TAGEBUCH (IV/X)

Mittwoch,

Mein Leben ist zerstört. Alles bricht zusammen. Ich kann es nicht fassen. Meine Gefühle nicht in Worten niederschreiben. Nein, nein, nein. Gleich kommt er rein und sagt, dass alles nur ein Scherz war. Doch hab ich nicht selbst seinen Puls gefühlt? Keiner war zu spüren. Keine Atmung, nichts. Ich kann es nicht fassen. Was soll ich nur tun. Wie wird es weitergehen. Gibt es überhaupt eine Zukunft ohne ihn. Muss ich nun alleine die Last tragen. Alle Geheimnisse bewahren. Komm rein und sag mir, dass das nur ein Scherz war. Papa, wie kannst du mir das nur antun? Nein, oh nein, nein, nein, nein, nein. Ich kann es nicht fassen, es darf nicht sein, nicht sein, nicht sein. Wie kannst du nur, uns so zu verlassen. Komm zurück, ohne dich geht's nicht weiter! Es hat keinen Sinn. Ich bin am Boden zerstört, Mama ebenso. Wie soll ich sie nur tröste? Wie soll ich selbst auf meinen Beinen ste-

hen? Die Knie sind so weich, oh nein, nein, nein.

Komm zurück. Sag, dass es nicht wahr ist. Los

jetzt! Ich hasse dich. Wie kannst du nur. Soll ich

dir folgen? Nein, ich weiss, dass du das nicht woll-

test. Mein Platz ist hier im Leben. Doch deiner

auch, komm zurück! Sofort! Doch sie haben dich

schon geholt. In den dunklen Sarg gelegt. Morgen

sehn wir dich wieder. Du siehst uns nicht oder

schaust du zu uns hernieder? Ich kann es nicht

fassen. Du bist weg. Für Immer!

Tränen rollten Maria übers Gesicht. Die Erinnerung kam wieder zurück. Es war an einem schönen
Frühlingstag vor nunmehr siebzehn Jahren. Tags
zuvor war alles wie immer. Nichts war absehbar.
Theodor trug schon länger eine grosse Last auf den
Schultern. Was genau wusste sie nicht. Sie nahm an,
dass ihr Mann bei der Arbeit hohem Druck ausge-
setzt war. Der Wirtschaft ging es schlecht, kein Auf-
schwung war in Sicht. Viele wurden entlassen.
Trotzdem kam er immer pünktlich zum Essen, das
musste sie ihm loben. Oft ging er abends aber wie-

der fort. Um Überstunden im Büro zu leisten, wie sie dachte. Sie hatte das Bild wieder klar vor sich. Es klingelte wie jeden Tag um neunzehn Uhr neunundzwanzig. Fünf Minuten später sass gewöhnlich die ganze kleine Familie zu Tisch. Hans Rudolf ging runter um die Türe aufzuschliessen.

Sie hörte ihn aufschreien. Todesstille folgte. Sie liess alles liegen und rannte runter. Sah ihren Sohn wie versteinert in der offenen Türe stehen. Konnte noch nicht erkennen was passiert war. Dann erblickte sie ihren lieben Theodor. Er lag zusammengesackt im Hauseingang. Ihr wurde im ganzen Körper kalt. Sie lief zu ihm hin, kniete sich nieder und fühlte seinen Puls. Da gab es nichts mehr zu fühlen. Kein Atemzug, kein Zucken, rein gar nichts ging mehr vom Körper ihres manchmal etwas eigenen und doch heiss geliebten Ehemannes aus. Die Zeit schien stehenzubleiben. Traurigkeit ergriff Besitz von ihr. Sie nahm um sich herum nichts mehr wahr, bis sie von dem jungen Sanitäter wieder in die Realität zurückgeholt wurde. Ihre Nachbarin hatte den Notruf gewählt als sie Theodor vor der

Türe hinfallen sah. Die Umgebung vor ihrem Küchenfenster aus zu beobachten war seit ihrer Pensionierung ihr einziges Hobby. Für einmal hatte es etwas Gutes daran.

Herzinfarkt, hiess die Diagnose. Nicht ungewöhnlich in seiner Familie, wie sie darauf vom Pfarrer erfuhr. Schon sein Vater und Grossvater segneten auf dieselbe Weise das Zeitliche. Jedoch nicht schon mit zweiundvierzig Jahren wie Theodor. Er war vier Jahre jünger als Sie. Viele warnten sie vor der Hochzeit mit einem jüngeren Mann, doch sie störte den Altersunterschied nicht.

Sie hätte nicht gedacht, dass Hans Rudolf vom Tod seines Vaters so ergriffen war. Die nächsten fünf Seiten im Tagebuch waren vollbeschrieben mit „Ich kann es nicht fassen." und traurigen Gesichtern. Gegen aussen war er die ganze Zeit wie zuvor. Er schien den Verlust nicht mal bemerkt zu haben. Zeitweise dachte sie, er sei sogar froh nun der Herr im Hause zu sein und verachtete ihn für seine Herzenskälte. Nun musste sie sich eingestehen, dass sie sich in ihm getäuscht hatte. *Er konnte seine Gefühle damals wohl einfach nicht so zeigen, wie es die meisten anderen Menschen tun,* folgerte sie für sich. Sie nahm sich vor mit ihrem Sohn über seinen Vater zu sprechen, ihm seinen Lieblingsschokokuchen zu backen und vergass dabei, dass das Ereignis nun schon siebzehn Jahre zurück lag.

In Gedanken beim Kuchenrezept, verspürte sie immer mehr ein Stechen im Magen. Sie schaute auf die Uhr. Die Mittagszeit war längst vorbei. Es war schon halb zwei. Sich lange mit Kochen aufhalten wollte sie nicht. Sie hatte das Tagebuch noch nicht einmal annähernd bis zur Hälfte durchgelesen und die Zeit um das Abendessen zuzubereiten kam immer näher. Sie durfte an diesem Abend ihren Sohn nicht wieder enttäuschen. Die Gefahr, dass er Verdacht schöpfen könnte, war ihr zu gross. Sie nahm kurzerhand das Telefon, wählte die Auskunft und wünschte sogleich mit dem nächstgelegenen Pizzakurier verbunden zu werden. Nie zuvor hatte sie in ihrem Leben aus eigenem Willen von einem solchen Service Gebrauch gemacht.

HUNGER

„Kann ich euch was mitbringen?" fragte Nicole. Sie hatte vor zum Bäcker von nebenan zu gehen. Dort gab es die köstlichsten hausgemachten Eiscremes weit und breit. „Ja!" riefen alle und sie holte ihren rosa Schreibblock um sich alles zu notieren. Kuno wollte ein Laugencroissant – und das mitten am Nachmittag – sowie ein Erdbeereis. Lisa und Nina waren zuerst skeptisch ob dies nicht negativ auf ihre Linie schlagen würde. So stellten sich die beiden jedes Mal an. Schlussendlich konnte Nicole sie noch immer überzeugen. So auch heute. Der Chef meinte nur „wie üblich". Sicherheitshalber fragte sie nach, was das genau wäre. Natürlich nicht dasselbe wie das letzte Mal sondern ein Stück der leckeren Zitronentorte, die er auf dem Rückweg vom Italiener heute Mittag im Schaufenster der Bäckerei stehen sah. Hans Rudolf bestellte gar einen ganzen Sack der Schoko-Stangen mit Haselnüssen und ein Vanilleeis dazu. Schon nur beim Gedanken an diesen feinen Leckerbissen lief ihm das Wasser im Mund zusammen. Er hatte heute ausser Kaffee noch nichts zwischen die Zähne gekriegt.

Siebenundzwanzig Minuten später kam sie mit einer Tasche voll Süssem zurück. Alle freuten sich wie auf den Weihnachtsmann. Nicole liess sich an diesem Tag viel Zeit beim Verteilen. Mit jedem wechselte sie einige Worte und kassierte gleich ein. Dann verschwand sie kurz. Hans Rudolf wurde langsam ungeduldig. *Hat sie mich vergessen?* fragte er sich. Dann stand sie plötzlich vor ihm und überreichte ihm das Gewünschte. Ohne sie gross zu beachten gab er ihr die geschuldeten dreiundzwanzig Franken und siebzig Rappen. Gierig drehte er den Papiersack um und wollte ihn öffnen. Er zögerte. Sie hatte ihn versiegelt. Nicht mit Kerze und Lack, wie man es von alt her kannte, sondern mit einem perfekten rosa Kussmund. Er schüttelte nur den Kopf und zerstörte dieses liebevoll inszenierte Kunstwerk um eine seine Schoko-Stangen zu geniessen. Es ging nicht lange und die erste verschwand in seinem Rachen ohne dass er das Vanilleeis auch nur angerührt hatte. Dies holte er bei der Zweiten nach und öffnet die kleine Eiscremebox. Er traute seinen Augen nicht, zeichnen konnte sie ebenfalls. Ein kleines Herz und ein Engelchen mit Pfeil und Bogen zierten das Vanilleeis. Gebannt schaute er zu ihr hinüber um eine Antwort zu finden, was das Ganze bedeuten sollte. Nicole lachte ihm nur schelmisch zu. Er verstand nicht, wie er dies deuten sollte, tunkte seine Schoko-Stange ins leckere Vanilleeis und biss ab.

DAS TAGEBUCH (V/X)

„Mmm, die Pizza war aber lecker!" freute sich Maria und stellte die Kartonschachtel in den Sammelbehälter im Keller. Zurück im Wohnzimmer nahm sie das Tagebuch wieder zur Hand, richtete es sich gemütlich in ihrem Schaukelstuhl ein, schlug die zuletzt gelesene Seite auf und wollte mit dem Lesen fortfahren, als es an der Haustüre klingelte. Erschreckt fuhr sie hoch. *Was nun?* fragte sie sich und sah nur einen Ausweg. Schnell legte sie das Buch zurück. Sie übersah jedoch die zu Boden gefallene, getrocknete Rose und vergass ausserdem das Fenster wieder zu schliessen.

Die Klingel erschallte ein zweites Mal. *Wer kann das wohl sein?* fragte sie sich. Sie erwartete keinen Besuch und das jemand ihrer Bekannten spontan vorbeischauen kam, war schon lange nicht mehr der Fall gewesen. Sie überlegte sich, wie ihre Nachbarn einen Türspion einbauen zu lassen. Dann könnte sie zukünftig vor dem Öffnen erst schauen wer drausen wartet. Langsam und vorsichtig öffnete sie die Türe. Ein Mann im grau-braunen Mantel grüsste sie freundlich. Er war ihr etwas ungeheuer. Seine Kleidung schien ihr für diese Jahreszeit nicht wirklich geeignet zu sein. Trotzdem machte er ihr einen gepflegten Eindruck. Irgendwoher kam er ihr bekannt vor. Sie konnte sich keinen Reim bilden woher.

Er sei ein Versicherungsagent, erläuterte er den Grund seines Besuches. Skeptisch schaute sie ihn an, bis er erklärte, dass er nichts verkaufen wolle, sondern es um die Auszahlung der Lebensversicherung für Hans Rudolf ginge. Erschrocken und ganz bleich im Gesicht meinte sie, dass ihr Sohn heute Morgen doch noch ganz gesund und lebendig war. Er konnte sie schnell wieder beruhigen. Die Versicherung hatte Theodor abgeschlossen. *Bloss drei Tage vor seinem Ableben*, rechnete sie sich erstaunt im Kopf nach. Er hatte gleich den vollen Betrag bar bezahlt, deshalb gab es keine weitere Korrespondenz. Jetzt war er hier, da diese am neununddreissigsten Geburtstag Hans Rudolf ausbezahlt werden sollte. Das Ganze kam ihr ziemlich suspekt vor. Ihr geliebter Ehemann war zu Lebzeiten ziemlich knausrig gewesen. Doch ihr Mann und ihr Junge hatten immer ein sehr enges Verhältnis gehabt. Sie bat den Herrn zu sich ins Wohnzimmer um alles in Ruhe besprechen zu können.

Er genoss den feinen Geruch der ihm in die Nase stieg. Im Kaffee zubereiten war sie grosse Klasse, soviel stand fest. Langsam erinnerte er sich, woher er sie kannte. Schon viele Jahre war es her seit sie ihm begegnete. Damals bei dem Ereignis, dass sein Leben für immer veränderte. Er erinnerte sich nur noch Bruchstückhaft, aber immerhin war es eines der letzten Momente, die sein Langzeitgedächtnis noch erfassen konnte. An einem schönen Frühlingstag vor dreiundvierzig Jahren passierte es. Die Strassen waren übersichtlich, er hatte Vorfahrt. Plötzlich schoss von rechts ein schwarzer Lieferwagen aus der Seitenstrasse. Er hatte keine Chance auszuweichen.

Dunkelheit umgab ihn. Dann sah er sie. Maria. Er dachte zuerst sie sei ein Engel, der ihn abhole um ihm den Weg in den Himmel zu zeigen. Die Welt um ihn herum verblasste. Wie ihm Wochen später in der Klinik erzählt wurde, hatte sie ihm das Leben gerettet. Nach dem Zusammenstoss verlor er sein Bewusstsein. Sein Wagen fing Feuer. Sie kam zufällig vorbei und zog ihn unter Einsatz ihres Lebens heraus. Doch sie hinterliess bei der Notaufnahme ausser ihrem Vornamen keine Kontaktdaten. Er konnte sich nie bei ihr bedanken.

Was mit dem anderen Fahrer passiert war, interessierte ihn bis zum heutigen Tag kein bisschen. Die Hauptsache für ihn war selbst noch am Leben zu sein. Er verspürte keinen Groll. Gott wollte es so. Er liess sich nicht unterkriegen und machte das Beste daraus. Was nicht einfach war. Er brauchte zwei lange Jahre bis er die Klinik verlassen konnte. Doch wirklich gesund war er trotzdem nicht. Er wusste, dass er das wahrscheinlich nie mehr werden würde. *Was soll's*, dachte er sich. Anstatt zu klagen, arrangierte er sich mit der Situation und bestimmte den Lauf seiner Zukunft weiter selbst.

Bei seinem Unfall drang ein winziger Metallsplitter durch seinen Schädelknochen in sein Gehirn ein. Die Ärzte operierten ihn. Damals war die Gehirn- chirurgie bei weitem noch nicht auf dem techni- schen Stand wie zur heutigen Zeit. Aber ob es ein Fehler der Ärzte war oder schon beim Unfall pas- sierte, spielte für ihn keine Rolle. Tatsache ist, dass er sich an vieles bis hin zu diesem schicksalhaften Tag noch erinnern kann. Sein Langzeitgedächtnis konnte jedoch seither keine neuen Daten mehr auf- nehmen. Er vergass alles wieder, was nur zwei, drei Tage zurücklag. Somit wurde der Notizblock sein täglicher Begleiter. Abends trugt er jeweils alle seine aufgeschrieben Erinnerungen in seinen Computer ein. Er programmierte selbst eine Datenbank, die ihm ermöglichte in Windeseile die gewünschten Informationen zusammenzufinden. Sie wurde sein zweites Gehirn, sein zweites ich. Jeden Tag der ver- gangenen dreiundvierzig Jahren seines Lebens konnte man darin nachlesen. Schon bald erkannte er, dass er gelernt hatte vergessene Sachen aufzu- spüren wie kein zweiter. Das war die Stunde wo er sich entschied Privatdetektiv zu werden. Trotz seines fehlenden Vermögens sich selbst an vergangene Dinge zu erinnern, krönte ihn ein Erfolg nach dem anderen. Viele wollten ihn engagieren, doch er blieb auf dem Boden. Er nahm meist nur einen Auftrag auf einmal an. Er kannte seine Grenzen. Nur einem Geheimnis kam er nicht auf die Spur. Niemand konnte ihm weiterhelfen. Seine mysteriöse Retterin blieb verborgen, nur ihr Vorname war ihm bekannt und nun unverhofft sass er mit ihr am selben Tisch und versuchte ihr Informationen über ihren Sohn zu entlocken. So verkehrt war die Welt. Er war ihr ewig dankbar und beschloss zum ersten Mal in seiner Karriere seinem Auftraggeber nicht alles wie es wirklich war darzustellen. Das war er ihr schuldig.

Frage um Frage stellte er Ihr. Sie fühlte sich wie bei einem Verhör und hatte bereits vergessen, wieso er überhaupt da war. Das störte sie nicht weiter. Sie wollte ihn nur so bald wie möglich fort haben um im Tagebuch weiterzulesen. So antwortete sie so schnell sie konnte. Lange würde es nicht mehr dauern bis ihr Sohnemann nach Hause kommen würde. Das Abendessen sollte sie bis dahin auch zubereitet haben. Noch immer rätselte sie, woher sie ihn wohl kannte. *Habe ich ihn öfters im Supermarkt gesehen?* Sie konnte sich keinen Reim machen. Er ging sehr strukturiert vor, schaute auf seinen Notizblock, fragte sie, notierte sich ihre Antwort, nahm einen Schluck Kaffee und weiter ging es. Plötzlich überraschte er sie. Nicht mit einer weiteren Frage sondern indem er feststellte, dass es für ihn nun Zeit zum Gehen sei und sich für den feinen Kaffee bedankte.

Sie freute sich ihn gleich loszuwerden und doch reute es sie auch. Schon lange hatte sie keinen Besuch mehr gehabt. Ihr Sohn war meist ihr einziger Gesprächspartner. An der Tür küsste er ihr die Hand und bedankte sich überschwänglich für ihre Hilfe. Als sie stutzte, erklärte er ihr, nicht für das Gespräch von heute, sondern für das, was sie vor dreiundvierzig Jahren an der Kreuzung vorne bei der Hauptstrasse für ihn getan habe, gebühre ihr seine ewige Dankbarkeit. Er meinte noch, sie habe nichts zu befürchten und wünschte ihr ein erfülltes und langes Leben. Sie blieb lange in der offenen

Türe stehen und überlegte was er wohl meinen könnte. Als es ihr schlussendlich dämmerte wer er war, wollte sie ihm nachrufen um ihn vieles zu fragen. Doch er war bereits längst in der nächsten Seitenstrasse verschwunden.

TIPP

Das Telefon im kläglich beleuchteten Büro klingelte. Mit einer langsamen Bewegung nahm der Onkel den Hörer ab und hob ihn an sein linkes Ohr. Sein rechtes schmerzte ihm immer beim Telefonieren. Er war bereits über neunzig Jahre alt, doch noch hatten alle in der Organisation grossen Respekt vor ihm. Keiner stellte seine Entscheidungen in Frage, was auch gut für sie war. Widerspruch duldete er nicht. Genauso wenig durfte jemand Licht in sein Zimmer hereinlassen. Die Läden blieben immer geschlossen. Er konnte Helligkeit nicht ausstehen. Zum einen, weil seine Haut auf Sonnenlicht allergisch reagierte, zum andern, weil seine Gesprächspartner ihn so nicht richtig erkennen konnten. Er wollte nicht, dass sein Gesicht allzu bekannt wurde oder sein Gegenüber ihm sein schon fortgeschrittenes Alter ansah. Er trug deswegen bei seinen nächtlichen Spaziergängen jeweils einen übergrossen anthrazitfarbenen Kapuzenmantel. Schon viele Leute, die ihm des Nachts begegneten, rannten in Schrecken davon. Nur die Sense fehlte, um ihn mit dem Tod zu verwechseln, wie man ihn aus dem Fernsehen kannte. Doch er tat nur im äussersten Notfall einer Fliege etwas zu leide. Er kannte bessere Wege sich durchzusetzen. Tagsüber verliess er sein Haus niemals. Die Einkäufe erledigte sein Fahrer.

Am anderen Ende war sein Informant Günther. Der Onkel hatte fast überall Leute eingeschleust oder überzeugt für ihn zu arbeiten. Geld und gezielten Drohungen waren sein Schlüssel zu den übrigen benötigten Informationen. Wissen bedeutet Macht und er wusste dies gekonnt zu seinem Vorteil zu nutzen. Überrascht erfuhr er, dass beim letzten Auftrag von Hans Rudolf etwas schief lief. Es gab einen Fehler im Überwachungsvideo, das war ihm noch nie passiert. Doch die Polizei hatte keine Spur, die Arbeit seiner Leute war zu gut gewesen. Sie vermuteten, dass nur ein unglücklicher Zwischenfall den Einbruch auffliegen liess. Günther erklärte ihm, dass der Fall für die Polizei aussichtslos scheint.

Trotzdem wollte der Onkel, dass das Videoband verschwindet. Eine Spur war eine zu viel. Vor allem bei einem so wichtigen Auftrag. *Sie werden wohl zwei bis drei Jahre warten müssen, bevor sie wieder rein können,* vermutete er. Günther hatte seinen Job wie üblich exzellent erledigt. Ohne zu zögern gab er dem Onkel die Daten von Henry durch, einem Ermittler der Informatikabteilung mit hohen Spielschulden. *Dies wird ganz schnell und sauber vonstattengehen,* freute sich der Onkel. Schuldenhandel war in der Spielbranche Gang und Gäbe. Im Austausch dafür würde er von Henry bekommen, was er wollte. Er bedankte sich bei seinem Informanten und gab ihm das Passwort für das neue Bankkonto mit der vereinbarten Prämie darauf. E-Banking war ein Segen für sein Geschäft. Nie zuvor konnte eine Summe so einfach ihren Besitzer wechseln. Bankdirektor Egger machte es möglich, dass es schon vierundzwanzig Stunden später fast unmöglich wurde auch nur einen Hinweis über die Existenz dieses Konto zu finden. Bisher hatte sich die Beförderung von Egger für die Organisation durchwegs bezahlt gemacht.

Auch wenn es viele Stimmen und Gerüchte gab, die damals gegen ihn sprachen. Ohne weiter gross nachdenken zu müssen schritt der Onkel zur Tat und traf alle weiteren Vorbereitungen um die ärgerliche Spur so bald wie möglich aus dem Weg zu schaffen.

Das Selbstgespräch

„Ich wünsche während den nächsten siebenunddreissig Minuten nicht gestört zu werden", informierte Bankdirektor Egger seine Sekretärin und zog den Stecker aus dem Telefon. Er lehnte sich in seinem bequemen, schwarzen Ledersessel zurück. *Endlich ein paar ruhige Minuten für mich*, dachte er und atmete tief durch. Heute lief für ihn nicht alles Bestens. Gleich mehrere wichtige Kunden reklamierten wegen zu wenig zuvorkommendem Service. Kaffee und Süssigkeiten zur Anlageberatung war ihnen schon lange nicht mehr genug. Inzwischen musste es mindestens eine Flasche einundvierzig jähriger Single Malt Whisky mit Herkunftsbescheinigung sein. Aber dies war noch sein kleinstes Problem. Tina spielte nicht mehr mit, dass fand er wirklich zum Haare ausraufen. Er hatte viele Spässe mit ihr getrieben, einiges machte sie mit, doch anfassen liess sie sich von ihm nie unbestraft. Wenn er es trotzdem versuchte, ohrfeigte sie ihn und erklärte bestimmt, dass sie schon vergeben sei. Sie war die Erste, die sich seiner Macht wiedersetzte und ihn nicht an sich ranliess. Auf eine spezielle Art und Weise fand er sogar seinen Gefallen daran. *Ob sie wohl Hans Rudolf in ihr Doppelspiel eingeweiht hatte?* fragte er sich. So wie er sie kannte, glaubte er nicht daran. Doch er konnte sich täuschen, wie er heute schmerzhaft erfahren musste. Für Egger stand jedoch fest, dass sie um ihre Strafe nicht herumkommen würde. Nur wie er vorgehen sollte, wusste er noch nicht.

Soll ich von Hans Rudolf fordern sie zu degradieren? überlegte er sich. Er wusste über das Verhältnis der beiden Bescheid wie jeder andere innerhalb der Organisation. Solche Dinge blieben kein Geheimnis. So könnte er zugleich diesem eigensinnigen Buchhalter eins auswischen. Sein Verhältnis zu ihm stand schon lange nicht mehr zum Besten. Wagte es dieser Emporkömmling ihn Jahrelang als Schuldigen am Tod seines Vaters zu bezichtigen. Er hatte ja keine Ahnung was wirklich vor sich ging, nicht im Geringsten wusste dieses Muttersöhnchen was damals in der Organisation ablief. Einfach so wird er aber Hans Rudolf nicht zu diesem Schritt überzeugen können, war er sich bewusst. Aber er hatte ein gutes Druckmittel. Er konnte ihm klarmachen, dass er nur dann in seine Beförderung einwilligt, wenn er seine Tina zum gemeinen Helfer zurückstuft. Ohne seine Einstimmung war ein Aufstieg für ihn nicht möglich, so waren die Regeln. Für dieses Vorgehen sprach zudem, dass wenn sich Hans Rudolf weigern würde, wäre die Gefahr, dass er seinen Einfluss innerhalb der Organisation gefährden könnte für immer gebannt. Doch damit würde er auch seinen Hass ihm gegenüber schüren. Wie unberechenbar die Sprösslinge dieser Familie werden können, musste die Organisation leider schon beim ansonsten so tüchtigen und zuverlässigen Theodor erfahren. Ein solches Risiko wollte Egger kein zweites Mal eingehen.

Des Weiteren könnte er versuchen, Hans Rudolf und Tina als Verräter innerhalb der Organisation blosszustellen. Er wusste genau, dass dem nicht so war. Aber damit wären gleich beide auf einen

Schlag aus dem Weg und es würde wieder Ruhe einkehren. Eine undichte Stelle gab es, dass konnte nicht geleugnet werden. Doch es fehlte jede Spur, denn derjenige war sehr vorsichtig. Die Schwierigkeit hierbei bestand daraus den Onkel und die zwei anderen obersten Brüder davon überzeugen zu können. Er müsste handfeste Fakten liefern. Das wäre nicht einfach durchzuführen. Zudem wäre dies das Ende von Tina und Hans Rudolf. Pardon gab es bei Verrat nicht. So waren die Regeln. Das empfand Egger dann doch als zu rabiat.

Oder soll ich doch das Ganze auf sich beruhen lassen? überlegte sich der Bankdirektor plötzlich. So schnell dieser Gedanke kam, war er auch schon wieder verworfen. Zu sehr fürchtete er den möglichen Autoritätsverlust, falls dies unter ihnen publik würde. Nein, das konnte und wollte er sich nicht erlauben.

Eine öffentliche Rüge gegenüber Tina von Hans Rudolf ausgesprochen könnte auch seine Wirkung tun, befand er. Zudem würde es wohl nicht so schwer sein ihn zu diesem Schritt zu bewegen. Die andern würden so sehen, dass er nichts einfach durchgehen liess und wären auch nicht wegen einem zu extremen Vorgehen schockiert. Ganz wohl war ihm aber nicht dabei. Konnte er dies doch nicht als Ablehnungsgrund zur Beförderung von Hans Rudolf verwenden. Vielleicht würde sich aber so die Möglichkeit eröffnen seine neue Funktion in der Organisation mitzubestimmen. Am besten wäre natürlich eine Aufgabe fernab von seinem eigenen Einflussbereich. Ebenso war er sich nicht sicher, ob seine Wut und Rachegelüste gegenüber Tina so gestillt sein würden. Sein Unterbewusstsein sagte ganz klar nein. Er beschloss dies für den Moment auf sich beruhen zu lassen und später zu schauen, ob sein persönlicher Assistent Norbert mit einer besseren Idee aufwarten kann.

DAS TAGEBUCH (VI/X)

Endlich wieder alleine, freute sich Maria. Viel Zeit blieb ihr nicht mehr bis ihr Sohn nach Hause kommen würde. Ein paar Seiten wollte sie davor noch überfliegen. Sie hoffte, dass vielleicht gerade dort ein weiteres Schlüsselereignis seines Lebens beschrieben stand und beschloss das Tagebuch nochmals hervor zu holen. Wie immer am späteren Nachmittag schien die Sonne durch das Westfenster direkt ins Wohnzimmer und liess dieses in seinem vollsten Glanze erstrahlen. Doch etwas stimmte nicht. Als Maria die Treppe vom Eingang hinauf schritt, erstarrte sie vor Schrecken. Der schwarze Aschestaub hatte auf Tisch und Teppich seine Spuren hinterlassen. Eine deutliche Spur führte quer durch Raum und Gang bis hin zum Zimmer ihres Sohnes. *Wie konnte ich nur so schusselig sein!* ärgerte sie sich und hoffte, dass dies ihrem Besuch von vorhin nicht aufgefallen war. *Zum Glück war er ein Mann, eine Frau hätte diesen riesen Schlamassel nie übersehen,* war sie sich sicher.

Zum Lesen blieb keine Zeit. Der Staubsauger musste her. Im Nu waren die Spuren im Gang beseitigt. Sie war voller Tatendrang, nichts schien sie aufhalten zu können. Doch ohne Vorwarnung verstummte ihr modernes Sauggerät. Sie verstand nicht wieso und testete alle Knöpfe zehn Mal durch. Er wollte und wollte sich nicht mehr anschalten lassen. Sie entleerte den Staubbehälter und betätigte ein weiteres Mal den Anlassknopf. Er blieb unverändert still. Die Zeit schritt voran. Eine Lösung war noch nicht in Sicht.

Ist wohl der Filter verstopft? mutmasste sie und reinigte diesen sogleich. Doch noch immer liess er sich nicht wieder zum weitersaugen animieren. Blinde Verzweiflung machte sich in ihr breit. Die Technik war nicht ihr Fachgebiet. Die letzte Möglichkeit schien ihr ein Wackelkontakt oder eine durchgebrannte Sicherung zu sein. Im Sicherungskasten war alles wie es sein sollte. Trotzdem wechselte sie für den Fall der Fälle die Sicherung aus. Nichts änderte sich. Nur noch eine Möglichkeit blieb übrig. Sie tastete das Stromkabel ab, alles schien in Ordnung. Als sie schliesslich den Stecker in der Hand hielt ging ihr ein Licht auf.

„Oh nein, was bin ich doch für ein Volltrottel!" schimpfte sie lauthals. Das Problem war viel einfacher als vermutet zu beseitigen. Sie hatte im Eifer des Gefechts das Stromkabel aus der Steckdose gezogen.

DAS TREFFEN

Endlich Schluss für heute, freute sich Hans Rudolf und konnte es kaum mehr erwarten Tina wiederzusehen. Wie üblich wartete sie bei der Eisdiele Lorenzo Freddo zwei Strassenecken von seinem Büro entfernt. Als sie ihn erblickte, bestellte sie sogleich zwei fruchtige Sahne-Aprikosen Kornetts und lief ihm entgegen. Am liebsten hätte sie ihn auf der Stelle herzlich umarmt und geliebkost, doch wusste sie, dass er das in aller Öffentlichkeit nicht allzu gerne mochte. So blieb es bei einem flüchtig ausgetauschten Kuss und eines wärmeerfüllten Lächelns bei der Übergabe der Eiscreme.

„Mein Mobiltelefon wurde mir geklaut", fing Tina mit erschöpftem Unterton an zu erzählen. Ihr ganzer Tag war nicht allzu toll. Der Verlust ihrer uneingeschränkten Erreichbarkeit stellte sich als ein kleineres Problem heraus. Ihre wichtigste Kundin hatte sie ebenfalls verloren. Der Hündin von der Frau Von Seeberg war bei einer Cocktailparty das

Kleidchen geplatzt. Alle hatten laut gelacht und sie hatte sich schrecklich blamiert. Tina konnte sie nur davon abhalten sie zu verklagen, indem sie ihr die ausstehenden, längst überfälligen Rechnungen der letzten drei Käufe erliess. Sonst wäre ihr Geschäft endgültig ruiniert gewesen. Sie erwartete nicht, dass ihre Kundin je wiederkommen würde. Hans Rudolf versuchte sie zu beruhigen, diese hochnäsige Kuh habe ihr ja sowieso immer nur Probleme gemacht. Es sei nicht weiter schlimm die nun los zu sein. Er wusste nicht, dass sie zurzeit ihre einzige Kundin war. Sie getraute sich aber nicht ihm dies zu sagen.

Als sie ihn in ihre finanzielle Zwickmühle einweihte, schlug er ihr vor am nächsten Tag zusammen Mittag zu essen. Sie nahm sein Angebot an, obwohl er wieder nicht ganz hundertprozentig verstanden hatte, worauf sie hinaus wollte. Sie hoffte, dass er endlich vorschlagen würde sich zusammen eine Wohnung zu suchen um damit die vielen alltäglichen Probleme auf einen Schlag zu lösen. Inzwischen wusste sie, dass drängeln bei ihm nicht viel Sinn hatte. Für ihn musste es sich so anfühlen, als ob er selbst auf die springende Idee kam. Ihr war es auch recht, wenn er die Führung übernahm. Er konnte das gut, dass wusste sie von ihren Aktionen für die Organisation. Nur wünschte sie sich das auch in ihrer Beziehung. Aber sie war sich sicher, dass sie ihm im Laufe der Zeit noch beibringen würde ihre Andeutungen zu verstehen.

Den fehlgeschlagenen Auftrag von der vorhergehenden Nacht sprach er nicht an. Tina kam dies vollkommen recht. *Dieses Thema werden wir noch früh genug aufnehmen müssen*, dachte sie für sich. Sie beschloss nicht weiter nachzufassen. Die letzten Meter ihres täglichen, gemeinsamen Spazierganges gingen sie schweigend nebeneinander her.

EINBRUCH NEBENAN

Polizeisirenen erschallten durch die Stadt. Mühsam schlängelte sich der Dienstwagen von Inspektor Käfer und Bruno durch den Feierabendverkehr. Nur sehr langsam kamen sie voran. Zum Glück war für einmal Eile nicht das oberste Gebot. Eine Streife hatte den Einbrecher in Flagranti erwischt. Die beiden wollten den Verbrecher so bald wie möglich in die Mangel nehmen. Hatte er sich doch beim Nachbaranwesen des Multimillionärs Jean-Jacques Hugo unerlaubten Einlass verschafft. Im Gegensatz zu Hugos Villa war hier alles im Stil der Post-Moderne. Die Einfahrt führte über einen kleinen, künstlich angelegten See. Die Stahlbrücke darüber konnte man als Miniaturnachbau des den Hafen von Sydney überspannenden Kleiderbügels erkennen.

Beim Betreten des Tatorts spekulierten die zwei, ob es sich um den gleichen Schurken wie tags zuvor handeln könnte. Doch schon der erste Blick durch das Foyer liess das Gegenteil vermuten. Zertrümmerte Vasen, umgekippte Schränke und von der Wand gerissene Bilder waren zu sehen. Für Bruno war sofort klar, dass hier der Einbruch von jemand anderem durchgeführt worden war. Der Inspektor blieb hingegen skeptisch. *Hatte der Bösewicht vielleicht einfach die Nerven verloren, weil er wiederum nicht fand was er suchte? Erst das Verhör und die Auswertung der Indizien werden Klarheit bringen,* war er sich sicher. Die Kollegen übergaben ihnen den in Handschellen gelegten Verbrecher. Ganz brav sei er seit der Verhaftung gewesen, mussten sie ihm zugestehen. Bruno stiess ihn auf den mit einem Gitter nach vorne abgetrennten Rücksitz und setzte sich sogleich vorne auf den Beifahrersitz. Mit aufheulendem Motor fuhr Inspektor Käfer in Richtung Polizeizentrale los und freute sich auf ein ergiebiges Verhör.

Abendessen (I/II)

In der Küche wurde gewerkelt. Langsam fügte sich eine Zutat um die andere zu einem feinen Abendessen zusammen. Liebevoll aber dennoch mit etwas weniger Herzblut als sonst bereitete Maria das Abendessen zu. Der Braten brutzelte bereits im Ofen. Der Salat wartete nur darauf mit italienischer Sauce beträufelt zu werden. Sie hörte unten die Türe gehen und schaute auf die Uhr. Überrascht stellte sie fest, dass ihr Sohn heute siebzehn Minuten früher als üblich heimkam. Sie hoffte, dass er nicht von ihr verlangen würde früher mit dem Abendessen fertig zu sein. Doch er rief nur ein Hallo in die Küche und verschwand in seinem Zimmer. Es lief ihr kalt den Rücken runter. Sie erinnerte sich plötzlich sein Fenster nicht geschlossen zu haben. *Wie werde ich ihm dies nur erklären können?* fragte sie sich. Da kam er auch schon nervös in die Küche gestürmt.

„In meinem Zimmer stand das Fenster offen", erklärte er ohne Atem zu holen. „Die Rose von Tina lag auf dem Boden. Zog hier heute Nachmittag ein Unwetter vorbei? Hast du etwas Ungewöhnliches gehört? War gar ein Einbrecher eingestiegen?" Noch bevor Maria antworten konnte, hatte er die Küche bereits wieder verlassen.

Die Uhr zeigte genau neunzehn Minuten vor acht Uhr, als sie ihren geliebten Sohn wie üblich zum Essen rief. Alles stand schon dampfend auf dem Tisch. Der saftige Braten, der Rosenkohl, die Butternudeln wie auch der Salat warteten nur darauf genüsslich verzehrt zu werden. Hans Rudolf kam, setzte sich und schenkte den im Fass gereiften Rotwein ein, wie es sich schon länger eingespielt hatte. Diesmal verzichtete er auf sein gewohntes Prozedere um zu testen ob der Wein Zapfen hatte. Er wirkte nervös und unkonzentriert auf seine Mutter. Sie getraute sich aber nicht ihn zu fragen, was ihn beschäftigte. Zu sehr befürchtete sie, er könne ihr auf die Schliche kommen. Sie hatte schliesslich vor, seinem Tagebuch noch viele weitere Geheimnisse zu entlocken. Die Spannung über das zweite Ich ihres Sohnes, wie auch ihres dahingeschiedenen

Mannes überdeckte inzwischen alle Gefühle von Scham und Hinterhältigkeit. Ihre Neugierde hatte gesiegt.

„Morgen kommt Tina zum Mittagessen", informierte Hans Rudolf seine Mutter, „Ist das OK für dich?"

Natürlich sagte sie, dass wäre super und sie werde etwas Feines kochen. Das Gericht vom letzten Mal hatte sie ja so gerne und so weiter. Insgeheim ärgerte sie sich. Nun wird sie morgen nicht allzu viel weiter lesen können. Zudem folgte tags darauf das Wochenende, während dessen Hans Rudolf oft zu Hause in seinem Zimmer war. Sie wurde etwas kribbelig im Bauch beim Gedanken, erst in drei Tagen wieder in der ihr noch unbekannten Welt ihres Sohnes rumschnüffeln zu können. Sie hoffte, dass sich in der Zwischenzeit die eine oder andere Gelegenheit ergeben wird. *Freitagmorgen vielleicht, wenn ich das Einkaufen schnell erledigen könnte.* Später wurde es schwierig, hatte ihr Sohnemann vor dem Wochenende nur bis Zwölf zu arbeiten. Dieser bedankte sich bereits fürs Essen und torkelte in sein Zimmer zurück. Sie wollte sich nachschenken und bemerkte, dass die Weinflasche bereits leer war. Er hatte viel getrunken, obwohl er kaum mehr als sein tägliches Glas vertrug. *Da musste definitiv etwas am Laufen sein!* war sie sich sicher. Sie beschloss morgen nicht dort weiterzulesen, wo sie aufgehört hatte, sondern gleich beim letzten Eintrag. Am meisten Freude hätte sie gehabt, gleich etwas frisch von der Feder geschriebenes vorzufinden.

Abendessen (II/II)

Er schaute auf die Uhr und merkte, dass er früher zu Hause ankam als gewöhnlich. *Macht nichts,* dachte er. *Mama wird das wohl kaum beachten.* Er öffnete die Tür und ging nach oben. Auf dem Weg in sein Zimmer rief er seiner Mutter das übliche Hallo zu und freute sich, endlich diesen schrecklichen Tag endlich hinter sich gebracht zu haben. Er trat ein. Der Schreck liess ihn erstarren. *Hatte sich hier jemand unerlaubten Zutritt verschafft?* fragte er sich. Das Fenster stand offen, die Rose lag statt auf seinem Geheimversteck hinter der Kommode auf dem Boden. Schnell lief er in die Küche um seine Mutter zu fragen, ob sie etwas Auffälliges gehört oder gesehen hatte. Sie kam für ihn als Schuldige nicht in Betracht, setzte sie schliesslich seit langem keinen Fuss mehr in sein Zimmer. Bei ihr angekommen überschlugen sich die Sätze in seinem Mund vor Nervosität. Ohne eine Antwort abzuwarten stürmte er wieder zurück in sein Reich um zu überprüfen, ob nichts fehlte. Das Tagebuch war an seinem Platz, die Aschespuren auf dem Teppich bemerkte er in der ganzen Unordnung nicht. Sein Herzschlag beruhigte sich langsam. Dennoch schien ihm nun das Risiko des Diebstahls seiner Notizen unermesslich gross. *Hatte mein Vater doch Recht gehabt?* fragte er sich skeptisch. Er stand an das offene Fenster und blickte nach draussen. An jeder Ecke schien ihm ein Schatten zu lauern und ihn zu beobachten. *Ich kam gerade rechtzeitig nach Hause und habe die Einbrecher verscheucht!* konstatierte er erleichtert. Geheuer war es ihm trotzdem nicht. Die Paranoia ergriff mehr und mehr Besitz von ihm. Es gab nur einen Ausweg. Er musste das Tagebuch vernichten.

Hans Rudolf schloss Fenster und Storen. Mit einem Handgriff holte er das Buch von unermesslichem ideellem Wert aus seinem Versteck hervor. Wehmütig blickte er die Seiten mit seinen niedergeschriebenen Geheimnissen und Gefühlen durch. Er hatte keine Wahl. Wollte er nicht bis ans Ende seiner Tage unter Verfolgungswahn leiden, mussten alle Notizen vernichtet werden. Es schien ihm als ob er seinen verstorbenen Vater lachen hörte, *Junge, was habe ich dir doch die ganze Zeit gesagt?* Zum ersten Mal bedrückte es ihn damals nicht auf seinen Vater gehört zu haben. Doch noch konnte er die Wogen aus eigener Kraft wieder glätten. Tina und seine Mutter wollte er nicht in Gefahr bringen. Er schüttete die Asche seiner ersten Notizen in den Mülleimer und bemerkte nicht, dass nicht einmal mehr die Hälfte davon in der Box war. Seite um Seite riss er aus seinem heiss geliebten Tagebuch und liess sie zu Boden fallen. Vieles hatte er nur auf dieses Papier niedergeschrieben. Bis anhin war er überzeugt gewesen, dass hier seine intimstem Geheimnisse vor Trug und Verrat sicher waren. Er hatte sich getäuscht. Der Gedanke, dass ihm sogar ein lebloses Buch in den Rücken fallen konnte, bedrückte ihn zutiefst.

Zur gleichen Zeit, als er die letzte Seite entfernte, hörte er seine Mutter zum Essen rufen. Er warf den Einband auf den Papierhaufen. Achtlos nahm er die nächstliegende Zeitschrift zur Hand, riss wahllos einige Seiten heraus und legte diese als zwischenzeitliche Tarnung über seine informationsträchtigen Notizen. Zu Tisch ass er ohne die Speisen richtig wahrzunehmen. Ein Glas Wein nach dem andern verschwand in seinem Rachen, ohne das er sich des immer höher steigenden Alkoholpegels bewusst wurde. Seine Gedanken waren bei der Vollendung seiner Datenvernichtungsaktion gefangen. Beiläufig kam ihm in den Sinn das er Tina für Morgen Mittag eingeladen hatte. Er war froh, dass sich seine Mutter über ihren bevorstehenden Besuch sogar zu freuen schien.

Die Falle

Mürrisch sah der Bankdirektor Egger seinen persönlichen Assistenten an. Schon wieder kam Norbert viel später als abgemacht. Auf ihn war kein Verlass. Sein geplantes Golfspiel an diesem Abend musste er inzwischen vergessen, dafür war es bereits zu spät. *Nicht einmal entschuldigt hat er sich,* ärgerte sich Egger. *Die Jugend von heute hat keinen Anstand mehr.* Er hoffte, dass er ihm wenigstens eine gute Idee für seine Rache liefern könnte. In prägnanten Sätzen erläuterte er ihm die Situation. Norbert schien gleich zu verstehen wo der Hase lief. Er war mit ihm gleicher Meinung, dass sie mit voller Härte vorgehen müssten. Er schlug eine Variante nach der anderen vor, ohne jeglichen Zusammenhang zu offenbaren. Das strapazierte des Bankdirektors Geduld aufs Gröbste. *So ein Draufgänger,* nervte er sich. *Zuerst sollte man doch seine Gehirnzellen benutzen, alles in Einklang bringen und zuletzt so erklären, dass man es verstehen kann!* dachte es und schickte seinen Assistenten sogleich nach Hause mit dem Auftrag Morgen um sieben nach acht einen detaillierten Plan vorzulegen.

Inzwischen war sich Egger selbst nicht mehr sicher ob seine anfänglichen Rachegelüste wirklich befriedigt werden mussten. *Vielleicht sollte ich für einmal das Kriegsbeil begraben*, überlegte er sich. Aber es interessierte ihn, ob sein Assistent etwas Sinnvolles zustande bringen würde. Er zweifelte daran und beschloss darüber zu schlafen. Nachdem er den Computer runtergefahren, das Telefon auf den Anrufbeantworter umgeleitet und sein Büro verriegelt hatte, machte er sich auf den Weg zur Tiefgarage. Seine Frau weilte zurzeit in der Südsee in den Ferien. Es spielte keine Rolle wann er nach Hause kam. Er beschloss bei Ines, seiner heimlichen Geliebten, vorbeizuschauen. Er empfand dabei keine Skrupel. Sein Privatdetektiv hatte ihm schon viele einschlägige Bilder und Videos seiner Frau beschafft, die bewiesen, dass sie es mit der Treue ebenfalls nicht so genau nahm.

TAGEBUCH IN FLAMEN

Zurück in seinem Zimmer spürte Hans Rudolf, dass er etwas wackelig auf seinen Beinen stand. Der ungewohnt hohe Alkoholgenuss machte sich bemerkbar. *Mama war heute nicht besonders gesprächig gewesen*, fiel ihm nun nachträglich auf. Oft plauderte sie beim gemeinsamen Abendessen ohne Ende und fragte ihn über seinen Tag im Büro aus. Wobei er ihr jeden Tag seit Jahren dasselbe, gespickt mit kleinen differenzierten Nuancen, erzählte. Doch das spielte für ihn jetzt keine Rolle. Er schritt zur Tat, wobei er fast auf seinen Zeitschriften ausgerutscht wäre. Dann sah er es und konnte es fast nicht glauben. Er hatte vorhin in seinem Eifer seine Lieblingszeitschrift zerrissen. Wehmütig blickte er die Papierfetzen an, nun musste er sich nicht nur von seinem geliebten Tagebuch trennen. Eine einsame Träne kullerte über seine linke Wange. Kurz darauf hatte er sich wieder unter Kontrolle und überlegte sich das weitere Vorgehen. *Wie hinterlasse ich am wenigsten rekonstruierbare Spuren?* Die Seiten in Säure aufzulösen war seine erste Idee, doch so viel Zeit um eine passende Säure zu kaufen hatte er nicht. Er beschloss die gleiche Variante zu wählen wie sein Vater, als dieser sein erstes Tagebuch vernichtet hatte.

Streichhölzer und Whiskyflasche waren schnell zur Hand. Die Streichhölzer benötigte er für das Feuer, den Whisky für den Mut. Er stellte einen Stuhl direkt unter das inzwischen wieder geöffnete Fenster und seinen metalernen Papierkorb auf den Stuhl. Die erste Seite in der einen, das brennende Streichholz in der anderen Hand kostete es ihn trotz des vorgängigen Schluckes flüssigen Mutes einiges an Überwindung die Tat zu vollbringen. So lange wie möglich hielt er das brennende Papier in seiner Hand bevor er es in seinen Papierkorb fallen liess. Er wollte, dass es so komplett wie nur möglich verbrannte. Beim zweiten und beim dritten war seine Hemmschwelle schon merklich tiefer. Der Schmerz in seinem Bauch wurde geringer und den Whisky benötigte er nun nicht mehr. Nach zwei weiteren

Seiten bemerkte er, dass ihm die Streichhölzer aus-
gehen würden bevor er nicht mal ein Drittel aller
Seiten verbrannt haben würde. Er versuchte nun
mit einem Zündholz zwei Seiten nacheinander zu
verbrennen. Anfangs schien es gutzugehen, doch
das Streichholz war schon gefährlich weit herunter-
gebrannt als er das nächste beschriebene Blatt auf-
hob. Plötzlich brannte es fürchterlich in seinen Fin-
gerspitzen und er liess sowohl Papier als auch
Streichholz fallen. Die Tagebuchseite rutschte von
ihm unbemerkt unter sein Bett. Er hatte Glück im
Unglück. Das brennende Streichholz erlosch während seines Fluges bevor es direkt unter dem bis
knapp über den Boden reichenden Vorhang zu liegen kam.

Er musste sich etwas anderes überlegen. Alle auf
einmal verbrennen wollte er nicht. Zum einen wegen der grossen, gefährlichen Flamme, zum anderen weil er sich sicher sein wollte, dass alle seine
Texte unwiderruflich vernichtet waren. Lange kam
ihm keine Idee, dann sah er sein Veston. Er irrte
sich nicht und fand in der Innentasche Tinas Feuer-

zeug. Sie hatte es ihm geschenkt, damit er ihr ihre Zigaretten anzünden konnte. Sie selbst verlegte ihr Feuerzeug immer. In der Zwischenzeit hatte sie sich das Rauchen abgewöhnt. Er hatte gestaunt, als sie einmal ihre Glimmstängel in den nächsten Papierkorb warf und es ihr dann wirklich gelang davon wegzukommen. Normalerweise bekundete sie grosse Mühe einen Vorsatz wirklich durchzuziehen. Er wusste nicht, dass sie sich noch heute ab und zu heimlich eine genehmigte, wenn sie nicht mehr anders konnte. Nun war es ein leichtes die restlichen Seiten zu vernichten. Eine nach der anderen wurde zum Raub der Flammen, selbst seine zerrissene Lieblingszeitschrift verbrannte er. Zum Abschluss goss er den restlichen Whisky in den Abfalleimer und zündete ihn an. Knapp konnte er der emporschnellenden Stichflamme ausweichen. Ein paar seiner Haare hatte es trotzdem versengt. Es grenzte an ein Wunder, dass er nicht gleich das ganze Haus in Brand gesetzt hatte.

AUFTRAG UNGELÖST

Die Strassen waren ruhig und verlassen. Die Dunkelheit der Nacht hatte das Tageslicht abgelöst. Alle schienen friedlich zu Hause in ihren Bettchen zu liegen. Alle? Zumindest einer nicht, der Mann im grau-braunen Mantel schlich langsam durch die Strassen. Er bemühte sich mit seiner Umgebung zu verschmelzen. Dies war nun besser möglich als tagsüber, wann er durch seine ungewöhnliche Kleidung nicht zu übersehen war.

Er liess sich Zeit. Nichts in der Welt schien ihn zu drängen. An der siebten Strassenecke angekommen ging er schnurstracks auf die weiss-blaue Telefonzelle bei der Bushaltestelle zu. An der Türe hing ein „Ausser Betrieb" Schild. Das störte ihn nicht im Geringsten. Er hatte es vor ein paar Tagen selbst dort hingehängt, damit er sicher sein konnte, dass das Telefon zur bestimmten Zeit nicht besetzt war. Die Telefongesellschaft wurde ihrem Ruf weiterhin gerecht und hatte noch keinen Techniker vorbeigeschickt. *In einer Woche werde ich mir wohl wieder ein neues öffentliches Telefon suchen müssen,* vermutete der Mann im Mantel. Er betrat die Kabine. Keine zwei Minuten später klingelte es und er nahm den Hörer ab.

„Was gibt es neues?" wollte die tiefe Stimme am anderen Ende wissen.

„Die Untersuchung befindet sich in einer Sackgasse." Erklärte der geheimnisvolle Mann trocken.

„Was? Was ist mit den Beweisen, die du gestern erwähntest? Was hast du mit dem Mobiltelefon der blonden Schlampe gemacht, dass du geklaut hast? Gab dir das etwa keine brauchbaren Resultate? Los jetzt! Ich erwarte sofort einen detaillierten und lückenlosen Bericht."

„Die Fährte mit dem Bankdirektor verlief sich im Sande, Hochwürden. Die junge..."

„Wage es nicht mich noch einmal so zu nennen! Und nun fahre fort."

„Die junge Dame erwies sich nur als heimliche

Affäre, womit sie sich ihr Haushaltsgeld aufbesserte. Ich konnte eines seiner Telefonate abhören, wobei er dies voller Wut bestätigte. Sie hatte ihn versetzt. Hören sie selbst:"

„Du dumme Schlampe. Wagst es mich zu versetzen. Obwohl du selbst grossen Spass an unseren Spielchen hattest. Du warst ein Nichts und genau dahin werde ich dich jetzt zurückbefördern. Von mir kannst du keinen Heller mehr erwarten."

Ein Lächeln huschte über das Gesicht des Mannes im Mantel mit abgerissenem obersten Knopf. *Mit der heutigen Technik kann man allerlei anstellen,* freute er sich.

„Verdammte Hure! Möge sie und ihr käufliches Fleisch in der Hölle schmoren und dieser kleine Wicht von Bankdirektor ebenso."

„Nicht gleich so rabiat Pater"

„Sei still, du hast nur zu sprechen wenn ich es dir erlaube. Nun gut, aber was ist mit deiner zweiten Spur. Führte wenigstens die zu einem befriedigenden Ergebnis?"

„Ich konnte mir Zugang zu seinem Haus ver-schaffen. Alles war staubig und dreckig. Seine Mut-ter breitete sein ganzes jämmerliches Leben vor mir aus. Sie erzählte stundenlang wie erschüttert ihr Sohn nach dem Tod seines Vaters war, es bis heute noch nicht überwunden hätte und er ohne sie im Leben nicht zurechtkommen würde."

„Hm, hm, hm"

„Es machte mir nicht den Anschein als ob er ein Doppelleben führen könnte."

„Hm, hm, hm. Das überrascht mich. Sein Vater war ein hohes Tier, das ist erwiesen. Doch danach verloren sich die Fäden. Wir hatten ihn in der Man-gel, doch bevor er uns die Informationen lieferte, die wir von ihm verlangten, segnete er das Zeitliche. Hm, hm, hm. Er war intelligent, aber ob er wirklich so gescheit war um seine Familie von allem fern zu halten? Hm, hm, hm..."

„Das ist alles."

„Nun gut. Du hast in der kurzen Zeit mehr Da-ten beschafft als jeder andere vor dir. Dein Lohn sei dir überwiesen."

„Melden sie sich gerne wieder eure Ho.."

„Wag es nicht auszusprechen! Ich arbeite mit keinem Externen ein zweites Mal. Du bist vom Fach, so wirst du dir bewusst sein, dass wir nie in Kontakt waren. Nie voneinander gehört haben. Nicht einmal wissen, dass der andere jemals existierte. Verstanden?"

„Mit wem spreche ich da? Was wollen sie? Nein, hier ist nicht die kirchliche Seelsorge. Tut mir leid. Sie haben sich verwählt. Gute Nacht!"

„Gesegnet sei dein Weg!" sprach der Anrufer und legte auf. Er traute der Sache noch nicht hundertprozentig und beschloss seine anderen Bemühungen weiterlaufen zu lassen.

Ein mulmiges Gefühl beschlich den Mann im Mantel. *Wenn ich an die Kirche glauben würde, müsste ich nun wohl Beichten gehen,* dachte er und wollte gerade das Schild von der Telefonkabine entfernen, als er plötzlich im Scheinwerferlicht einer Polizeistreife stand. Ohne nachzudenken sprang er hinter den Lorbeerstrauch, der gleich daneben üppig wuchs. Er hoffte nicht gesehen worden zu sein. Im selben Moment ärgerte er sich über sein Verhalten, er hatte schliesslich kein Gesetz gebrochen. Doch Lügen bereiteten ihm immer Unbehagen. Obwohl er sich am nächsten Tag ihrer nicht mehr erinnern konnte. Aufrichtigkeit und Ehrlichkeit waren seine obersten Gebote, was sehr ungewöhnlich für seinen Arbeitszweig war. Dieses Mal hatte er keine Wahl, seine Schuld gegenüber Maria war zu gross. Sie hatte ihm das Leben gerettet. Nun wo er endlich wusste wer sie war, konnte er sich wenigstens im Kleinen revanchieren. Er hatte Glück, die Streife hatte ihn nicht bemerkt und fuhr vorbei. Minuten später verschwand er in der Dunkelheit der nächstgelegenen Seitengasse.

DOPPELSPIEL

Skeptisch wählte Pater Benedikt die vereinbarte Telefonnummer. Sein Zögling hatte sich bisher als grosser Reinfall erwiesen. Viel Zeit und Geld hatte er nunmehr in ihn investiert. Dabei war bisher nicht viel rausgekommen. Sollte sich die Behauptung seines extern angeheuerten Mannes bewahrheiten, waren alle Ausgaben vergebens gewesen. Er hatte jedoch seine Zweifel daran, wusste er doch ganz genau, was Hans Rudolfs Vater getrieben hatte. *War womöglich die Verbindung zum Bankdirektor Egger einfach der falsche Ansatz? Hatte Theodor doch so viel Verstand gehabt seine Familie aus der Organisation rauszuhalten?* Er wusste, dass dieser Geheimbund existierte. Schon vor langer Zeit kam er ihm auf die Schliche, als er ein altes handgeschriebenes Tagebuch im hintersten Winkel der Klosterbibliothek fand. Seitdem unternahm er alles um an das wohl behütete Wissen zu kommen. Dank seiner jahrelangen Nachforschungen wusste er, dass nicht mehr alles im

Besitz der Organisation war. Vor vielen Jahrzehnten hatten sie ein schwarzes Schaf in den eigenen Reihen. Um seine Spielschulden zu begleichen verkaufte er die Mehrzahl der Bücher an den Meistbietenden. Hier sah Pater Benedikt seine Chance. Von einigen Werken konnte er sich bereits Kopien anfertigen lassen. Die Originale liess er jeweils stehen wo er sie fand um möglichst keinen Verdacht bei der Organisation zu erwecken. *Und hätte Theodor damals nicht seine Nerven verloren...* Nur schon beim reinen Gedanken daran schoss im das Blut vor Ärger doppelt so schnell durch die Adern.

Nach dem dreizehnten Klingeln nahm Norbert schliesslich den Anruf doch noch entgegen. Er beteuerte, dass Bankdirektor Egger eine wichtige Persönlichkeit der Organisation sei, ihre gesuchte Schlüsselfigur. Erfolge konnte er weiterhin keine ausweisen. Egger vertraue ihm noch zu wenig, versuchte er sich rauszureden.

Vor sieben Jahren hatte Pater Benedikt ihn in die Bank eingeschleust. Seit sechs Jahren war er der persönliche Assistent des Bankdirektors. Resultate gab es noch immer keine. Immerhin konnte er das Zerwürfnis mit einer leichten Dame namens Tina bestätigen. Seine Bemerkung sie sei mit Hans Rudolf befreundet liess den Pater aufhorchen und nachhacken. Norbert erklärte, er hoffe den Streit zwischen Tina und dem Bankdirektor zu seinem Vorteil ausnutzen zu können um in Kürze das ganze Vertrauen von Egger zu gewinnen. Hans Rudolf sei unwichtig, nur eine Randfigur, hätte mit dem Tod seines Vaters jeden Einfluss verloren. Pater Benedikt verlangte ein rasches Vorgehen und endlich Ergebnisse vorgelegt zu bekommen. Drohte ihm gar ihm bis dahin keinen Lohn mehr zu überweisen. Dies liess Norbert den Atem stocken und einen schwerwiegenden Fehler begehen.

„Sollte mein Zahltag nicht pünktlich auf meinem Konto sein, werde ich den Bankdirektor über das ganze Spiel hier in Kenntnis setzten. Dann kannst du dein Vorhaben vergessen!"

Ohne weiter zuzuhören legte Pater Benedikt auf. Niemand durfte sich ihm wiedersetzten. Wer es wagte, hatte die Konsequenzen zu tragen. Ein Mann in der Reihe der Organisation war von entscheidender Bedeutung um das Ziel zu erreichen. Doch Ungehorsam und versuchte Erpressung konnte er nicht durchgehen lassen. Die uneingeschränkte Autorität war sein Führungsgrundkonzept. Seine Ansichten und Werte waren in dieser Beziehung genau wie die vom Onkel. Er beschloss sofort das nötige Telefonat zu machen und dieses Schwache Glied aus seiner Kette entfernen zu lassen. *Es wird mir ein leichtes sein, einen neuen Mann in die Organisation einzuschleusen!* war sich Pater Benedikt sicher. Er mutmasste, dass sich vielleicht sogar diese Tina für seine Sache gewinnen lässt.

Das Tagebuch (VII/X)

Pünktlich wie gewohnt stand das Frühstück bereit. Hans Rudolf kam, holte die Zeitung aus dem Briefkasten und alles war wie gehabt. Maria freute sich, dass sich die alte Routine wieder einzupendeln schien. Nur etwas erstaunte sie. Ihr geliebter Sohn hatte an diesem Morgen sein Schokopulver nicht über den Kaffee gestreut. Sie fragte sich, was ihn wohl so sehr beschäftigen könnte, dass er sein heiliges Ritual vergass. Sie erinnerte sich wie seine geliebte Essenz vor drei Jahren einmal ausgegangen war. Es folgte ein grosser Aufstand. Nachdem sie neues Schokopulver eingekauft hatte, war alles wieder in bester Ordnung. Das Frühstück ging wie gewohnt vorüber, ohne dass die beiden mehr Worte als nötig miteinander wechselten. Kurz darauf verabschiedete sich Hans Rudolf und ging zur Arbeit.

Maria blieb noch einige Zeit im Wohnzimmer sitzen und hörte sich die Sieben-Uhr-Nachrichten an. Es gab nichts Neues zu hören. Nur die üblichen

Schlagzeilen, die sich immerwährend an neuen Schauplätzen wiederholen. Die Menschen an der Macht schienen aus ihren Fehlern weder lernen zu wollen noch zu können.

Beim Geschirrspülen kehrten ihre Gedanken wieder zu ihrem eigentlichen Vorhaben für diesen Morgen zurück. Das Tagebuch hervorholen um darin weiterzulesen. Viel Zeit blieb ihr nicht. Der Kühlschrank war beinahe leer und Hans Rudolf hatte Tina zum Mittagessen eingeladen. Sie mochte die Freundin ihres Sohnes, auch wenn ihr das Verhältnis der beiden ziemlich suspekt vorkam. Sie verstand nicht, wieso die beiden noch immer nicht geheiratet haben, obwohl sie schon seit über zehn Jahre ein Paar waren. Ihre Hoffnung, bald ein paar süsse Enkelkinder um sich herum zu haben, schwand von Jahr zu Jahr.

Nachdem alles sauber und aufgeräumt war, machte sie sich ohne weitere Zeit zu verlieren auf in Hans Rudolfs Zimmer. Beim Eintreten kam ihr ein abscheulicher Gestank entgegen. Es durchmischte sich der Geruch von verbranntem Papier, Alkohol und des herben Deos ihres Sohnes. Das Fenster musste sperrangelweit geöffnet werden. Frische Luft strömte herein. Langsam normalisierte sich die Situation. Die unbekannte Person, welche von der gegenüberliegenden Strassenseite herüber spähte und bei ihrem Auftauchen am Fenster schnell wieder in der Gasse verschwand, bemerkte sie nicht.

Ratlos stand sie vor der Kommode. Beim besten Willen konnte sie sich nicht mehr erinnern, wie sie diese tags zuvor geöffnet hatte. Alle Ecken und Schrammen tastete sie unermüdlich ab. Die Zeit schritt unaufhaltsam voran. Aufgeben stand nicht zur Diskussion. Kein verborgener Mechanismus war zu finden. Sie sah keine andere Möglichkeit als zu versuchen die Deckplatte einfach von Hand anzuheben. Tatsächlich funktionierte dies ohne jegliche Schwierigkeit. Der nächste Schock folgte sogleich. Sie wollte ihren Augen nicht trauen, rieb sie mehrmals kräftig und glaubte nicht was sie sah. Das Geheimfach war leer. Keine Spur, kein Hinweis auf das Tagebuch war zu finden. Enttäuscht schloss sie die Kommode wieder und da zugleich ihre Beine zu zitterten begannen, setzte sie sich darauf. Erst jetzt kam ihr der unangenehme Geruch, der ihr beim Betreten des Raumes in die Nase stieg, wieder in den Sinn. Sie hoffte, ihre Vermutung würde sich als falsch herausstellen. Von ihrem Sitzplatz aus sich nach der Quelle des Gestankes umschauend bemerkte sie, dass der Papierkorb direkt unter dem Fenster stand. Schnell war sie dort. Zu schnell? Sie konnte sich gerade noch am Fenstersims abstützen. Sie war in ihrer Hektik über die am Boden verstreuten Zeitschriften gestolpert und fast zum Fenster hinaus gefallen. Ihre Vorahnung bestätigte sich. Der metallene Papierkorb beinhaltete nur noch Asche. Sie hoffte, ihr Sohn hätte nicht alles richtig verbrannt und griff hinein. Ihre Hände glichen schon bald denen eines Kaminfegers, der seine Handschuhe zu Hause liegen gelassen hatte. Wie von ihm nicht anders gewohnt hatte Hans Rudolf ganze Arbeit geleistet. Mit Ausnahme vom Einband war alles restlos verbrannt, alle seine niedergeschriebenen Geheimnisse und Gedanken in Rauch aufgegangen. Sie ärgerte sich grün und blau über sich selbst. Im

Stress hatte sie sich gestern nicht vergewissert, ob alles wieder an seinem Platz lag. Sie erinnerte sich genau an die Szene gestern Abend vor dem Abendessen, wie ihr Sohn in die Küche stürmte und sie nicht verstand, was er wollte. Nun erschien ihr alles in einem klareren Licht, doch das Tagebuch war rettungslos verloren. Sein Doppelleben liess ihr jedoch keine Ruhe. Die Neugierde bohrte sich immer tiefer in ihren Verstand. Sie beschloss bei einem schwarzen Kaffee zu überlegen, wie sie das Geheimnis lüften könnte. Weit kam sie nicht. Sie stolperte über dieselben Zeitschriften wie zuvor. Nur diesmal fand sie keinen Halt und landete flach auf dem Boden. Nach einer Schrecksekunde öffnete sie wieder die Augen. Nur um Millimeter hatte ihr Kopf die Bettkante verfehlt. Ihr Schutzengel war zur Stelle gewesen. Als sie sich wieder erheben wollte, erblickte sie einen weissen Papierfetzen unter dem Bett liegend. Mit ihrer Hand kam sie nicht ran, ihre Arme waren zu kurz. Ein Besenstiel brachte neben viel aufgewirbeltem Staub zum Vorschein, was sie nicht mehr zu finden gewagt hatte: eine noch erhaltene Seite aus dem mysteriösen Tagebuch ihres Sohnes. Oben war ein Teil abgerissen, doch das störte sie nicht. Glücklich begab sie sich mit ihrem Schatz ins Wohnzimmer und dankte Gott für dieses Geschenk.

Das zehnte Kuckuck ihrer Uhr holte sie in die Gegenwart zurück. Es blieb keine Zeit Hans Rudolfs Gekritzelt zu entziffern. Schön und leserlich zu schreiben war noch nie seine Stärke gewesen. Aber wie er hier seine Gedanken niedergeschrieben hatte, konnte man als Gräueltat an der Kunst des Schreibens verurteilen. Einfach so rumliegen lassen wollte sie das wertvolle Dokument nicht. Unverzüglich ward die Kuckucksuhr von der Wand genommen und das letzte Überbleibsel des Tagebuches ihres Sohnes hinten dran mit kleinen Klebestreifen befestigt und sicher verwahrt. Wenig später spurtete sie mit ihrem gelben Einkaufkorb aus dem Haus um beim kleinen Detaillisten an der Ecke alles Nötige fürs Mittagessen einzukaufen.

DAS MORGEN MEETING

„Fünf nach Zehn und es sind immer noch nicht alle da," ärgerte sich Inspektor Käfer welcher mit seinem Assistenten Bruno im kläglich eingerichteten Rapport Raum auf die Kollegen fürs tägliche Meeting wartete. „Nun gut, fangen wir trotzdem an. Bruno!"

„Punkt eins: Der mysteriöse Einbruch im Villenquartier," verkündet Bruno Lautstark. „Aber Inspektor, das macht doch kaum Sinn. Wir wissen ja beide genau wie der Stand der Dinge ist."

„Wir machen alles genau nach Vorgabe. Wer weiss ob der Chef hinter der Ecke lauscht."

„Nun gut. Eine Verbindung zum Einbruch nebenan kann ausgeschlossen werden. Der Einbrecher gestand erst heute in die Villa des Multimillionärs Jean-Jacques Hugo einzusteigen geplant zu haben. Das unterschiedliche Vorgehen lässt darauf schliessen, dass er die Wahrheit sagt. Zudem ist die einzige Gemeinsamkeit der beiden Häuser in ihren total veralteten Sicherheitssystemen zu finden." *Jeden Tag dasselbe Spiel*, nervte sich Bruno. Äusserst selten schaute der Polizeivorsteher vorbei und doch musste immer alles nach Vorschrift durchgeführt werden. Die Kollegen hatten meist eine gute Ausrede und blieben diesen Meetings fern.

„Ausser es war ein Ablenkungsmanöver!" wirft Inspektor Käfer skeptisch ein, doch Bruno ignoriert den Vorbehalt seines Dienstgefährten.

„Die Videoanalyse ergab bisher kein Ergebnis."

„Falsch!" erklärte der Videoanalytiker Karl Heinz wichtigtuerisch, der in diesem Augenblick den Raum betrat. „Es fehlen fünf Minuten auf dem Band, sprich die Anlage wurde um ein Uhr siebenunddreissig für eine kurze Zeit deaktiviert. Zudem springt die Uhr, die sich im Blickfeld von Kamera sieben befand, um dreiundzwanzig Uhr siebenundfünfzig um siebenunddreissig Sekunden vor und um ein Uhr dreizehn um gleichviel wieder zurück. Das heisst wir wissen, dass während sechsundsechzig Minuten die Aufnahme gefälscht war. Die spätere komplette Deaktivierung für fünf Minuten lässt sich auf ein unvorhergesehenes Problem der Räuberbande schliessen."

„Gibt es einen Hinweis wer die Bänder manipulierte?"

„Öhm, Ähm, hm, nein", antwortete der Videoanalytiker kleinlaut und verschwand wieder aus dem Rapport Raum. Dabei stiess er fast mit dem ebenfalls verspätet erscheinenden Max Huber, genannt Snoopy, von der Spurensicherung zusammen.

„Entschuldigt die Verspätung", fängt Snoopy an. „Dafür lese ich euch meinen Bericht gleich selbst vor." Sonst hätte er ihn kopieren müssen. Er hatte jedoch auch nach vierzehn Jahren Polizeidienst noch nicht rausgekriegt wie man neues Papier in den Kopierer einlegen musste. Deshalb liess er soweit wie möglich die Finger von dieser Maschine. „An den Türen haben wir keine Spuren gefunden, das bedeutet, sie wurde mit einem passenden

Schlüssel geöffnet. Der Kasten zu der Videoanlage lässt sich nicht mehr verschliessen. Leider konnten wir nicht feststellen ob dies die Schuld der Einbrecher ist. Proben vom Boden und den Türklinken ergab, dass in der Zwischenzeit alles frisch geputzt wurde."

„Der Besitzer hat uns informiert, dass jeden Morgen um fünf Uhr fünfzig seine Putzfrau mit Eimer und Seife durchgeht und alles gründlich reinigt und desinfiziert." warf Bruno in die kleine Runde.

„Der einzige Ort, wo es richtige Spuren gab, war die Bibliothek. Leider liessen sich keine davon den Tätern zuweisen oder auf den Täter schliessen. Die unregelmässigen Staubflächen zwischen den Büchern lassen jedoch vermuten, dass viele der Bücher im ersten Drittel der Bibliothek erst kürzlich bewegt wurden. Etwas ist mir dabei besonders aufgefallen. Alle Bücher standen in einer völlig zufälligen und meiner Meinung nach unsinnigen Anordnung in den Regalen. Für jemanden der eine solche Sammlung alter Bücher hat, scheint mir dies sehr ungewöhnlich. Das ist alles, was ich berichten kann."

Verzweiflung machte sich beim Inspektor breit. *Meine unehrenhafte Entlassung kommt näher und näher,* befürchtete er. *Wie soll ich das nur meiner Frau erklären. Ich glaube ich gehe erst nach Hause, wenn sie schon schläft und stärke mich vorher mit zwei, nein besser drei doppelten Scotchs in der Bar nebenan.* Bruno merkte, dass Inspektor Käfer mit seinen Gedanken abgeschweift war und übernahm die Zusammenfassung.

„Wir haben zwei Anhaltspunkte. Einerseits die fehlenden fünf Minuten andererseits die Bibliothek. Deshalb schlage ich folgendes weitere Vorgehen vor. Wir treffen uns in der Villa mit dem Multimillionär Jean-Jacques Hugo und lassen ihn die Bibliothek nochmals überprüfen. Er wird wissen ob alles da ist wo es sein soll."

Snoopy schluckte lautlos und hoffte, dass niemand bemerken würde, dass er eine ledergebundene Ausgabe von „Verbrechen und Strafe" mitgehen liess. Er wollte dieses Buch schon lange einmal lesen und dachte, dass es im dort herrschenden Durcheinander bestimmt niemand vermissen würde. Er hatte nach Abschluss seiner Untersuchung einige Bücher selbst etwas verschoben damit keine Lücke auf dem Regal zu sehen war.

„Sehr gut!" lobte Inspektor Käfer, der sich inzwischen von seinen Ängsten wieder etwas lösen konnte. „Genau, so machen wir das. Bruno du rufst gleich nach der Kaffee und Donat Pause beim ehrenwerten Monsieur Hugo an und arrangierst alles. Zudem bitte wie üblich das Protokoll bis Montag früh an den Chef." Eine kleine Hoffnung kam wieder in ihm auf diesen festgefahrenen Fall doch noch zu lösen und seiner bevorstehenden, unehrenhaften Entlassung entgegenzuwirken.

DER PLAN

„...und somit wären all unsere Probleme sauber und diskret gelöst", endete Norbert die Präsentation seiner Idee für das weitere Vorgehen gegenüber Tina und Hans Rudolf.

Fassungslos sass Bankdirektor Egger in seinem Sessel. Er konnte kaum glauben was er gehört hatte. *Der hat wohl zu viele Mafia-Filme geschaut,* dachte er sich. *Zum Glück wird dieses Büro wöchentlich auf Wanzen überprüft. Hätte jetzt der Geheimdienst mitgehört, wäre uns lebenslängliche Haft sicher.*

„Oder finden Sie meine Idee noch zu lasch Herr Direktor?" fragte Norbert und holte seinen Chef aus seinen Gedanken zurück in die Realität.

„Bist du denn von allen guten Geistern verlassen! Wir sind immer noch die Organisation und nicht die russische Mafia! Vergiss sofort deinen Plan und vernichte alle deine Notizen."

„Aber..."

„Ich dulde keine Wiederrede! Du musst noch sehr, sehr viel lernen, wenn du weiterkommen willst. Und jetzt geh!" Der Bankdirektor kochte vor Wut.

Mit gesenktem Kopf verliess sein Assistent das Büro und schmollte. Irgendwie musste Norbert seinen Chef davon überzeugen, dass er auch etwas zustande bringen konnte. Er wollte endlich Zugang zu den heiklen Informationen der Organisation haben und wissen wer wirklich die Fäden in der Hand hielt. Es war ihm bekannt, dass sein Chef nicht der Oberste war. Doch dieser weigerte sich weiterhin ihn ins Vertrauen zu ziehen. Der Druck von Seiten des Paters wurde, je länger er keine Ergebnisse präsentieren konnte, auch nicht kleiner. Auf das Geld und alle damit verbundenen Annehmlichkeiten wollte er jedoch auf keinen Fall verzichten. Norbert beschloss Plan B durchzuführen und war sich sicher, Bankdirektor Egger so von seinen Fähigkeiten überzeugen zu können.

Im Büro des Chefs

Laut vor sich hin fluchend stürmte Nicole zurück ins Grossraumbüro.

„Der Chef will dich sehen", informierte sie Hans Rudolf und hatte Mühe nicht gleich vor Wut zu explodieren. „Aber pass auf, er hat heute eine seiner schlimmsten Launen."

Was der wohl will, fragte er sich und stand langsam von seinem Stuhl auf.

„Ah, da bist du ja auch schon," begrüsste ihn der Chef in seinem Büro. „Nimm doch Platz, wir haben einige Dinge zu besprechen." Gespannt setzte sich Hans Rudolf auf den kleinen Stuhl vor dem Schreibtisch. „Die Nachbarn haben sich über dich beschwert."

„War das Radio etwa wieder zu laut?"

„Du Scherzkeks! Du weisst genau was gestern Mittag los war. Die Nachbarn haben durch das Fenster genau gesehen wie du Nicole betatscht hast." Der Chef war ausser sich vor Eifersucht. Dieser Nichtsnutz tat, was er sich niemals getrauen würde.

„Sie hatte mich den ganzen Mittag genervt", verteidigt sich Hans Rudolf. „Als es zu viel wurde hab ich sie einfach weggestossen. Das war alles."

„Leugnen bringt dir nichts, sie hat alles bestätigt!" behauptete der Chef. Vor wenigen Minuten hatte sie ihm erst selbst erklärt, dass nichts geschehen war und sie sich nur einen kleinen Scherz mit Hans Rudolf erlaubt hatte. Er glaubte ihr nicht. Zu sehr nagte an ihm die Eifersucht, dass sein Angestellter Nicole unsittlich angefasst haben könnte und nicht er derjenige war den sie ranliess. Er war sich sicher, dass die zwei unter einer Decke steckten. *Wie könnte ich sie die letzten zwei Wochen ihres Praktikums einteilen?* überlegte er sich. Er wollte sicherstellen, dass es keine weitere Gelegenheit für die zwei gab. Die Eifersucht brodelte in ihm immer stärker. Doch er fürchtete dennoch einen direkten Konflikt mit Hans Rudolf. Er war ihm nicht geheuer.

„Ihr werdet nicht mehr mittags alleine im Büro zurückbleiben. Ich bin nicht bereit solche Unsittlichkeiten zu dulden!" erklärte er schliesslich klipp und klar.

„Nun..." Hans Rudolf war nahe daran seine Fassung zu verlieren und liess sich kurz Zeit um tief ein und auszuatmen. „...heute mach ich eh wie jeden Freitag um Zwölf Uhr Feierabend." Nur mit Mühe konnte er sich davon abhalten seinen Chef anzuschreien. „Wenn du so grossen Spass daran hast aus einer Mücke einen Elefanten zu machen, nehme ich doch einfach ab Montag zwei Wochen Ferien. Wenn ich wiederkomme ist sie weg und du bist all deine Sorgen los." Er glaubte selbst nicht, dass er dies soeben ausgesprochen hatte. Seit seinem ersten Arbeitstag hatte er noch nie aus eigenem Antrieb nach Ferien gefragt. Er bereute es nicht. Ihm wurde bewusst, wie nötig er Urlaub hatte.

„Ferien?" fragte der Chef voller Erstaunen über diesen dreisten Vorschlag. Zuerst wollte er ihn lauthals anschreien und fragen was er sich denn erlaube. Doch in seinem Kopf begannen sich langsam die leicht eingerosteten Zahnräder zu drehen.

Hans Rudolf erwartete keine Zusage und hoffte nur, nicht ausgelacht zu werden. Das plötzliche, ungewohnt lange Schweigen seines Arbeitgebers verunsicherte ihn. Minutenlang herrschte Stille im Büro. Es fühlte sich für ihn an als ob Stunden vergingen. Endlich bewegte der Chef seine Lippen.

„Ok, scheint mir vernünftig." erklärte er und bedeutete wortlos seinem Angestellten das Büro zu verlasse. Bevor er seine Arbeit wieder aufnahm, freute er sich noch einige Zeit im Stillen über die schnelle und schmerzlose Lösung des Problems.

In der Bibliothek

„Guten Tag. Ich bin Anna, Monsieur Hugo hatte einen dringenden Termin und konnte ihre Ankunft leider nicht länger abwarten", erklärte die Köchin trocken.

Inspektor Käfer ärgerte sich sichtlich über Bruno. In zehn Minuten hatten sie abgemacht loszufahren, doch erst über eine Stunde später kam er von der Kantine zurück. Die vermeintliche Abkürzung, die er vorschlug um die Zeit wieder aufzuholen, stellte sich zudem als grossen Umweg heraus. Statt um elf Uhr, wie vereinbart, hatten sie nun erst um halb Eins die Klingel des Multimillionärs betätigen können.

„Machen sie sich keine Sorgen, ich werde Ihnen in der Bibliothek alles zeigen."

Langsam beruhigte sich der Inspektor wieder und sie machten sich auf den Weg durch die Villa. Dabei begegneten sie einem Sicherheitstechniker, der auf seinen Planskizzen eine bessere Videoüberwachung einzeichnete. *Interessant*, dachte sich Bruno. *Er hat anscheinend von selbst begriffen, dass seine Einbruchsicherungen vollkommen veraltet sind.* Die Gänge schienen den beiden endlos, der Weg zur Bibliothek viel weiter als bei ihrem letzten Besuch.

„Ich sehe ihren erstaunten Blick. Wir mussten die Bücher in einem anderen Raum unterbringen. Es gab heute früh einen kleinen Wasserschaden. Die Techniker hatten beim Befestigen einer neuen Videokamera versehentlich eine Leitung angebohrt." erklärte die Köchin trocken.

Verstohlen tauschten die beiden Ermittler einen skeptischen Blick. Es schien ihnen ein sehr merkwürdiger Zufall zu sein. Inspektor Käfer fragte, ob sie sich den Schaden anschauen können. Anna verneinte entschieden und erklärte, dass sie angewiesen wurde ihnen nur die Bücher zu zeigen, alles andere gehe sie nichts an. Sie setzten ihren Weg durch die Gänge fort und erreichten an deren Ende einen kleinen, nur dürftig beleuchteten Raum.

„Leider war dies das einzige freie Zimmer", entschuldigte sich die Köchin pro Forma.

Die Bücher lagen lieblos aufeinander gestapelt auf dem Boden. Es gab keine Chance festzustellen, ob es die gleichen waren, die sie tags zuvor in der Bibliothek vorgefunden hatten. Die Spurensicherung nochmals kommen zu lassen, wäre reine Zeitverschwendung gewesen. Alle Bände waren inzwischen übersät von den Fingerabdrücken der Hausangestellten und für eine weitere Spurensuche nicht mehr zu gebrauchen. Die beiden hoben ohne grosses Interesse zu verspüren einige der Bücher auf und legten sie nach einem kurzen Blick auf den Umschlag wieder hin. Murrend gaben sie ihr Unterfangen hier neue Indizien zu finden auf.

Anna liess sich nicht beindrucken und begleitete die beiden zur Türe, ohne sie auch nur einen Moment aus den Augen zu lassen.

INVENTUR

Kleidungsstück um Kleidungsstück stapelte sich auf dem grossen Doppelbett im Schlafzimmer. Blusen in den verschiedensten Pastellfarben, Tops, Alltagshosen, Jeans, sexy Mini- wie auch elegante knöchellange Röcke, verführerische Nachthemden, spitzenbesetzte Unterwäsche, Cocktailkleider und vieles mehr sortierte Tina nach Farben und Formen. Langsam verstand sie, warum Hans Rudolf ihre dreieinhalb Zimmerwohnung oft mit einer Boutique verglich. Diesen Splen hatte sie von ihrer Mutter geerbt, wobei ihre Kleidersammlung dahingehend noch heilig war. Dies aber nur wegen dem bei ihr viel knapper vorhandenem Geld.

Letzte Nacht hatte sie beim Einschlafen die Idee eine neue Designer Hunde Linie aus ihren vielen Kleidern zu kreieren. Diese würde ihr grosser Durchbruch werden, war sie sich sicher. Sie plante erst alle ihre Kleidungsstücke zu sortieren, dann zu entscheiden welche sie weiterhin tragen will und den Rest in die Einzelteile aufzutrennen. Sie hatte die Arbeit völlig unterschätzt und konnte sich beim besten Willen nicht erklären von welchem Geld sie das alles einmal gekauft haben könnte. Auf den Lohn vom Bankdirektor für ihre geheimen Einsätze kam sie nicht. So sehr hatte sie sich diese Geschichte schon aus ihrem Kopf verdrängt.

Sie hoffte, dass Hans Rudolf ihre Idee gefallen und er ihr in der Stadtmitte eine kleine Ausstellvitrine an der Hauptstrasse mieten würde. Dort wollte sie ihre Kreationen ausstellen und neue Kunden anwerben. Doch bevor sie ihn in ihr Vorhaben einzuweihen plante, wollte sie sich erst einen Überblick über die vorhandenen Rohstoffe schaffen. Sie wusste schon jetzt, dass es ihr sehr schwerfallen wird zu entscheiden, was sie noch tragen möchte und was nicht. Die Menge an Kleidern alleine war jedoch nicht der Grund für ihr langsames Vorwärtskommen. Bei jedem Stück schwelgte sie einen Moment in Erinnerungen. Wehmütig legte sie alles noch nie Getragene auf einen separaten Stapel.

Sie nahm gerade eine rosa spitzenbesetzte Bluse

vom Haken, als sie ein Rascheln aus der Zimmerecke vernahm. Angespannt hielt sie inne und lauschte. Wieder hörte sie es. Voller Furcht und Neugierde setzte sie langsam Fuss vor Fuss in Richtung des Geräusches. Sie getraute sich kaum hinzusehen und doch konnte sie ihren Blick nicht von der Ecke lösen. Dieses Zimmer hatte sie seit einigen Monaten kaum mehr betreten. Die Fensterläden waren verschlossen und liessen nur einzelne Sonnenstahlen hinein. Sie hängte schon länger ihre Kleider in den anderen Räumen auf, da es hier zu wenig freien Platz gab.

Ungläubig schaute sie direkt in zwei kleine, glänzende, schwarze Augen, die durch die Beinöffnung eines zu Boden gefallenen Jeans-Minis hervor spähten. Sie erstarrte. Es gab kein anderes Tier vor dem sie sich mehr ekelte. Eine grosse, dicke Ratte hatte es sich anscheinend zwischen ihren Sachen gemütlich eingerichtet. Kaum aus der Erstarrung gelöst rannte sie voller Wut in die Küche und kehrte mit dem Besen bewaffnet zurück. Ohne sich zu vergewissern, ob sich das Tier noch dort befand, schlug sie voller Wucht auf ihren Mini. Vom entstehenden Luftzug wirbelte es ein paar Blusen vom Kleiderbügel. Sie hob den Besen wieder in Zuschlagposition und stiess dabei eine Kleiderstange um. Vor einigen Jahren konnte sie einige solche als Schnäppchen beim Stadttheater erwerben. Lautes Getöse erfüllte den Raum. Da entdeckte sie einen Schatten. Nur wenige Schritte von ihr entfernt zeichnete sich der Umriss ihrer gejagten Beute unter einer der zu Boden geschwebten Blusen ab. Sie visierte es an, stellte sich mit leicht versetzten Beinen hin um mit voller Kraft zuzuschlagen. Diesmal entwischte sie ihr nicht. Ein lautes Knacken begleitete den Aufprall des Besens. Doch es hatte sich überhaupt nicht nach dem Zerbersten von Knochen angehört. Eine böse Vorahnung beschlich sie. Wider Erwarten war auch diesmal kein Blut zu sehen. Unter der Bluse zeichneten sich viele spitze Ecken und Kanten ab. Sie liess den Besen mutlos fallen und zog den Stoff weg. Sie meinte das quickende Lachen des Untiers zu hören.

Einige Minuten stiller Tränen später räumte sie

die Scherben zusammen. Seit einiger Zeit hatte sie dieses kleine Porzellanspielkästchen gesucht. Ihre Grossmutter hatte es ihr geschenkt als sie noch ein kleines Mädchen war. Es war eines der wenigen Dinge die sie mitnahm als sie von zu Hause davon- lief und nie weggab. Nun war es zerstört. Sie zog die Tür hinter sich zu und beschloss diesen Raum nicht wieder zu betreten. *Ich werde Hans Rudolf bitten diese hinterhältige Ratte für mich zu beseitigen.* Sie war sich sicher, dass er ihr die Bitte nicht abschlagen würde.

DAS FENSTER

Seit fünf Tagen beobachtete Irina das Haus. Etwas schien darin vorzugehen. Die es anfänglich umgebende Ruhe war von viel ungewöhnlicher Aktivität abgelöst worden. Sie war sich bewusst, dass sie nicht mehr lange warten durfte. Die Türen und Fenster waren nicht die neusten, doch alle in gutem Zustand und von aussen nicht zu öffnen ohne Spuren zu hinterlassen. Mit Ausnahme vom Vortag waren immer alle Fenster geschlossen, wenn sich niemand im Raum befand. Auf eine solche Unaufmerksamkeit hat sie von Anfang an gehofft, jedoch tags zuvor ihre Chance verpasst. Pater Benedikt hatte ihr eine Nachricht zukommen lassen und erwartete Resultate. Ihn warten lassen durfte man nicht, denn er kannte kein Pardon.

Als sie Hans Rudolf am Abend zuvor am Fenster stehend Papierfetzen verbrennen sah, lief es ihr kalt den Rücken hinunter. *Hatte er Streit mit seiner Freundin und vernichtete nun all ihre Liebesbriefe?* versuchte sie sich Hoffnung zu machen. Die Anzeichen liessen jedoch das Schlimmste vermuten. Grosse Veränderungen schienen sich anzubahnen. Darauf hatte auch Pater Benedikt hingewiesen und sie zu schnellem Handeln gemahnt.

An diesem Morgen sah Irina Hans Rudolf wie gewohnt das Haus verlassen und zur Arbeit gehen. Seine Präzision erstaunte sie, man konnte die Uhr nach ihm stellen. Nur zwei Tage zuvor hatte sie ihn überraschenderweise nicht nach Hause kommen sehen. Sie wartete ab. Von den vergangenen Tagen wusste sie, dass diese Gasse zwischen sieben und acht Uhr noch von einigen, normalen Berufen nachgehenden Anwohnern durchschritten wurde. Danach würde ihre Chance kommen. Derweil prüfte sie ihr Einbrecherwerkzeug ein weiteres Mal auf seine Funktionalität. Alles war in bestem Zustand. Doch sie war sich bewusst, dass sie sich nicht Zutritt verschaffen können würde ohne Spuren zu hinterlassen. Ihr Ziel war diese so klein wie möglich zu halten, damit sie von einem Normalsterblichen als gewöhnliche Abnutzungsspuren betrachtet würden.

Die Glocke der weit entfernten St. Georgs Kapelle schlug leise acht Mal. Einer der üblichen Passanten fehlte noch. Sie wartete und erblickte ihn. Er kam voller Hast mit hochrotem Gesicht im Eilschritt gelaufen. *Da gab es wohl Krach zu Hause*, vermutete Irina.

Die übliche Ruhe breitete sich wieder langsam über die Gasse aus. Ihre Zeit war gekommen. Sie löste sich aus Ihrem Versteck hinter den alten Regentonnen und den inzwischen scheinbar vergessenen, an die Mauer gelehnten Holzbalken. Ihr gewählter Einstiegspunkt befand sich im ersten Stock. Es war ein altes, zweistöckiges Holzhaus. Im Erdgeschoss gab es eine kleine, scheinbar leerstehende Wohnung. Die Fensterläden waren verschlossen. Sie hatte dort unten während der ganzen Zeit keine Bewegung registrieren können. Einmal spähte sie zudem durch ein Loch und leuchtete mit ihrer Taschenlampe hinein. Die wenigen Möbel, die sich noch drinnen befanden, waren von Spinnweben und einer dicken Staubschicht überzogen. Sie vermutete, dass diese Wohnung einst für die Familie des Sohnes bestimmt war und die Mutter die Hoffnung für ein baldiges Ende seines Junggesellen Daseins noch nicht aufgegeben hatte. Eine Autogarage gab es nicht. Da weder Hans Rudolf noch Maria ein Auto besassen, wurde diese auch nicht benötigt. Mutter und Sohn lebten zusammen in der Wohnung im ersten Geschoss. *Glücklicherweise bietet die Hauswand gute Griff und Klettermöglichkeiten.* freute sich Irina und lobte diese alten Holzhäuser.

Zur gleichen Zeit, wie sie hochklettern wollte, bemerkte sie einen Schatten über sich. Das leise Knarren zeigte an, dass jemand das Fenster über ihr am Öffnen war. Ihr Adrenalin schoss in die Höhe. Mit schnellen Schritten sprang sie hinter die nächste Hausecke auf der anderen Gassenseite. Verwirrt beobachtete sie, wie die Mutter des Buchhalters am Fenster stand und sich frische Luft zu fächerte. *Was soll dies bedeuten? Sonst betrat doch niemand ausser Hans Rudolf diesen Raum.* Tags zuvor hatte sie dies bereits erstaunt, tat es jedoch als Zufall ab. Doch nun war sie definitiv davon überzeugt, dass hier etwas nicht mit rechten Dingen zu und her ging.

Der Verdacht des Paters hatte sich bestätigt. Sie betete, dass die Mutter so schnell wie möglich wieder verschwand. Sie wollte ihre Mission beenden und retten was noch zu retten war. Mit leeren Händen durfte sie nicht zurückkehren. Die Zeit verging. Plötzlich hatte sie den Eindruck, als ob Hans Rudolfs Mutter Kopf voran aus dem Fenster zu springen versuchte. Irina schüttelte den Kopf. *Aus dem ersten Stock macht das doch keinen Sinn. Geh doch zur Brücke über den breiten Fluss fünf Strassen weiter,* schlug sie ihr insgeheim vor. Wenig später traute sie ihren Augen nicht. Es schien als ob Maria ihren gedachten Vorschlag gehört hätte. Sie stürmte in voller Eile aus dem Haus. Das Fenster stand noch offen. Diesmal liess sich Irina die Gelegenheit nicht entgehen. Keine Minute später stand sie in Hans Rudolfs Zimmer.

FERIEN (I/II)

Das Abspülwasser ran Maria durch die Finger. Teller um Teller befreite sie von Schaum und Spülmittel. Ihr Sohn wollte sie schon öfters zur Anschaffung einer Abwaschmaschine überreden. Sie fragte ihn jeweils nach dem Grund. Das schmutzige Geschirr von zwei Personen konnte sie schliesslich ohne grossen Zeitaufwand von Hand reinigen. Zudem mochte sie den lauwarmen Spülschaum zwischen ihren Fingern, es erinnerte sie an die guten alten längst vergangenen Jahre als ihre kleine Familie noch vollzählig war. Doch heute war sie mit ihren Gedanken ganz woanders.

Noch immer konnte sie es nicht fassen, was ihr Sohn heute Mittag ihr erzählte. Durch diese völlig absurde Neuigkeit hatte sie beim Essen sogar vergessen zu schauen, ob sich da, wo sie gerade den Rotwein einschenken wollte, auch ein Glas befand. Die schöne weisse Tischdecke war ein stiller Zeuge dieses Malheurs. Sie wusste nicht, ob sich die Flecken je wieder raus waschen liessen. Dies war aber das kleinere Problem. Sie hörte noch immer Hans Rudolfs Worte, die sie aus der Fassung gebracht hatten: „Mama, ich hab die nächsten zwei Wochen Ferien."

Er sollte Ferien haben? Er, der sich seit seiner Schulzeit nur durch massiven Zwang überzeugen liess einen einzelnen Tag frei zu nehmen? Sie konnte es nicht glauben. Selbst wenn er krank war, ging er zur Arbeit. Sie war sich sicher, dass mehr dahinter stecken musste. *Wurde ihm fristlos gekündigt?* fragte sie sich. *Oder hat es etwas mit seinem Tagebuch zu tun?* Sie beschloss, dass nicht auf sich beruhen zu lassen. Die Zeit in der alle Geheimnisse vor ihr hatten war vorbei. *Schluss mit der Geheimniskrämerei!* Sie wollte wissen was hier alles hinter ihrem Rücken abläuft.

Zu Tisch hatten ihr die Worte gefehlt. Tina hingegen plauderte drauflos und freute sich wahnsinnig, dass Hans Rudolf nun etwas mehr Zeit mit ihr verbringen könnte. Sie war es auch, die Maria gleich eine weitere Schrecksekunde zufügte. Alle hatten sich sattgegessen. Tina hörte nicht auf ihre Beteuerungen einfach alles stehen und liegen zu lassen, sondern half ihr beim Abräumen. Als sie um den Tisch herumlief und die schmutzigen Teller einsammelte, stiess sie mit dem Ellbogen gegen die Kuckucksuhr. Maria fiel das Herz fast in die Hosentasche. Zuerst schwankte die Uhr nur gefährlich hin und her und hin und her und hin und her. Tina hatte beide Hände voll, so sprang Hans Rudolf auf und versuchte sie zu stoppen. Zeitgleich wie er vor Ort ankam und seine Hände ausstreckte, fiel das alte Erbstück zwischen seinen Fingern hindurch zu Boden. Er wollte es aufheben und den Schaden begutachten. Das liess seine Mutter nicht zu. Sie scheuchte ihn und Tina sogleich aus dem Wohnzimmer und brachte die kaputte Kuckucksuhr in der Küche in Sicherheit. Nun lag sie halb auseinandergefallen hinter ihr auf der Anrichte und verbarg die letzte verbliebene Seite des Tagebuchs weiterhin vor neugierigen Blicken in Sicherheit.

IM ZIMMER

Die Unordnung erstaunte Irina. Das hatte sie von einem Buchhalter nicht erwartet. *Und erst dieser Gestank.* Sie glaubte zu verstehen, warum sich seine Mutter vorhin zum Fenster gestürzt hatte. *Keine Selbstmordgedanken, sie brauchte schlichtweg frische Luft.* Sie schaute sich um, prägte sich alles bis aufs letzte Detail ein. Es war wichtig, dass wenn sie wieder ging, sich alles an seinem Platz befand.

Bei der Kommode neben dem Bett schien ihr etwas nicht in Ordnung zu sein. *Da wurde erst kürzlich ungelenk hantiert.* vermutete sie. Irina konnte sich nicht vorstellen, dass jemand eine getrocknete Rose so unsanft hinunter warf, wie sie da zu liegen schien. Sie beschloss dort mit ihrer Suche zu beginnen. Es erstaunte sie, dass nur eine Türe zu sehen war. Nach ihren Informationen sollte es hier deren zwei geben. Sie entdeckte zwar die Unterbrüche in der Tapete, doch konnte sie von diesen nicht auf eine versteckte Türe schliessen. Hans Rudolf hatte abends zuvor ganze Arbeit geleistet. In seiner Angst entfernte er die Türklinke und überklebte das sichtbare Stück fein säuberlich mit dem dafür vorbereiteten Tapetenstreifen. Auf dem Boden vielen Irina sofort die unsanft zerknüllten Männerzeitschriften auf. Das erstaunte sie. *Was könnte einen Mann dazu bringen seine Lektüre so zu behandeln?* überlegte sie und lachte. Sie vermutete, dass seine Mutter sich über die Schamlosigkeit ihres Sohnes aufgeregt und die mit Hochglanzbildern gefüllten Hefte mit den Füssen getreten hatte.

Das Knarren der Dielen riss sie plötzlich aus den Gedanken. Jemand bewegte sich auf die Türe zu. Die Schritte kamen immer näher. Sie hatte vollkommen vergessen auf die voranschreitende Zeit zu achten. Sie konnte direkt vor der Türe zwei Stimmen vernehmen. *War dies das Ende? Gab es noch ein Ausweg?* Das Adrenalin schoss in immer grösseren Mengen durch ihre Adern und ihr Instinkt übernahm die Kontrolle über ihren Körper. Die Tür öffnete sich und im gleichen Moment hatte sie sich schon unter dem Bett aus dem Blickfeld gebracht.

Keine Sekunde später verfluchte sie ihr Versteck auch schon. *Der werte Herr Hans Rudolf putzt aber nicht allzu gründlich. Typisch Mann!* ärgerte sie sich und musste vor lauter Staub beinahe niesen. *Hier wurde schon seit Urzeiten nicht mehr gesaugt. Wie sehen nachher bloss meine Kleider und meine Frisur aus?* Die zwei Stimmen holten sie wieder in ihre Situation zurück und sie versuchte so leise wie nur möglich zu sein. *Igitt, wie das stinkt!* fluchte Irina lautlos, als ihre Augen sich an die Dunkelheit gewohnt hatten und sie den alten, Erde verkrusteten Stiefel nur wenige Zentimeter vor ihrem Kopf entfernt erblickte. Sie wollte gar nicht erst wissen, was noch alles neben ihr unter dem Bett lag. Kurze Zeit später hörte sie eine ruhige Frauenstimme zum Essen rufen und atmete auf.

Kaum hatten die beiden die Türe hinter sich geschlossen, kroch sie unter ihrem Versteck hervor. *Was für eine Schweinerei*, dachte sie und sah sich ihre nun staubgrau-schwarze Arbeitskleidung an. Aber sie wusste, dass es keine Zeit mehr zu verlieren galt. Sie musste wieder verschwunden sein bevor die

Bewohner mit dem Essen fertig sein würden. Im Eiltempo durchsuchte sie die Kommode und als sie dort nichts fand, das ganze Zimmer. Keine Spur von dem weswegen sie hergeschickt wurde. *Hatte er es gestern wirklich verbrannt?* Sie hatte keine Zeit dies näher zu untersuchen und beschloss deshalb auf Katze komm raus, die Asche mitzunehmen. Sie nahm einen Mehrzweckbeutel aus ihrer Tasche und füllte diesen mit dem Inhalt des Papierkorbes. Zuunterst war es ein unangenehm klebriger, nach Alkohol stinkender Brei. Ihr blieb nichts anderes übrig als voller Eckel rein zu greifen und diese dreckige Masse in einen zweiten Plastikbeutel zu füllen. Ihre Handschuhe waren ruiniert. Etwas um diese zu säubern hatte sie nicht dabei. So steckte sie diese in einen weiteren Beutel und band alle drei zusammen. Mit einem Taschentuch griff sie nach einer der zerknüllten Zeitschriften und warf sie in den Mülleimer um pro Forma zu verhindern, dass man schon auf den ersten Blick das Verschwinden der Asche bemerken würde. Kaum eine Minute später hatte sie das Zimmer verlassen und verschwand in der nächsten Gasse. Sie wusste nicht, ob sie mit ihrer Beute zufrieden sein konnte, oder die Aktion als kompletter Fehlschlag beurteilt werden musste. Immerhin hatte sie etwas, dass sie dem Pater vorlegen konnte. Sie plante das Haus weiterhin zu beobachten und hoffte, sollte die Analyse der Asche keine brauchbaren Resultate ergeben, dass Hans Rudolf weitere Schriftstücke der Organisation im Haus seiner Mutter aufbewahrt.

FERIEN (II/II)

„Ich schlag dir ein Deal vor. Ich helfe dir hier sauberzumachen und du hilfst mir in meiner Wohnung für Ordnung zu sorgen." Ohne Hans Rudolfs Antwort abzuwarten hob Tina die nächstliegenden Zeitschriften auf und warf sie in den Mülleimer. Erst wollte er reklamieren, dass er ohne ihre Hilfe zurechtkomme, besann sich dann aber eines besseren und holte einen Abfallsack.

Tina arbeitete schnell und gründlich. Sie hatte Angst, ihr Freund könnte es sich anders überlegen und nichts mehr von ihrem Vorschlag wissen wollen. Doch dieser war so erstaunt von ihrem konsequenten Vorgehen, das er mithalf wo es ging. Er organisierte Staubsauger und Wischlappen. In Windeseile war das kleine Zimmer ordentlich aufgeräumt und bis in den hintersten Winkel vom Staub befreit. Im ganzen Eifer fiel es Hans Rudolf nicht auf, dass der Inhalt vom Mülleimer verschwunden war. Er rümpfte nur die Nase als Tina

ihm den geleerten metallenen Papierkorb zum Aus-
spülen und die alten, dreckigen Stiefel zum Putzen
in die Hand drückte.

„Jetzt kann man sich hier wieder hinsetzen",
verkündete Tina und machte es sich auf dem Bett
gemütlich. Eine andere Sitzmöglichkeit ausser Bett
und Bürostuhl gab es schliesslich nicht. Hans Rudolf setzte sich neben sie und schlug vor, dass sie
spontan zwei, drei Tage wegfahren könnten. Sie
freute sich über diesen Vorschlag. Sie konnte sich
nicht erinnern, dass sie je länger als einen Tag zusammen weggefahren waren. Er arbeitete schliesslich Tagein Tagaus bei der KartoffelKekse GmbH
und in seiner Freizeit zusätzlich noch für die Organisation. Lange diskutierten sie, wohin es gehen
könnte. Mit dem TGV nach Paris, mit dem Nacht-
zug nach Rotterdam oder gar mit dem Flugzeug
nach Sizilien überlegten sie sich. Alle Möglichkeiten
schienen ihnen verlockend. Tina verdrängte all ihre
Geldsorgen im hintersten Winkel ihres Gedächtnis-
ses. Sie träumte davon mit ihrem Freund zusammen
über die Champs-Élysées zu schlendern, die Aus-

sicht vom Eifelturm zu geniessen oder einfach nur die bezaubernde Atmosphäre der Stadt der Liebe einzufangen.

Hans Rudolf fantasierte zuerst darüber in Sizilien auf den Pfaden der mächtigen und verbrecherischen Cosa Nostra zu wandern. Doch plötzlich kam der Wandel. *War denn die Organisation nicht auch wie die Mafia? Streng hierarchisch organisiert, der Onkel befiehlt und alle andern bücken sich und gehorchen. Das Gesetz der Verschwiegenheit dominiert über alles, nicht mal meiner eigenen Mutter darf ich etwas verraten.* Blinde Wut kam ihm hoch. *In was hat mich mein Vater nur reingezogen?* Seine Jugendträume von Agentenromantik und Doppelleben schienen ihm immer mehr als grossen Reinfall und Absturz in die Kriminalität. Unschuldig war er vor Gesetz schon lange nicht mehr. In viele Häuser waren sie unerlaubt eingedrungen und hatten die verloren gegangenen Schriften gesucht, gefunden und entwendet. Welches Wissen diese Schriften bargen konnte er bis heute nicht ergründen. Fragen konnte er darüber niemandem stellen, schien dieses Thema innerhalb der Organisation aus unerklärlichen Gründen Tabu zu sein. Wie sein Vater hatte er aber von allem Duplikate hergestellt. Oft hat er sogar die Originale selbst behalten. Der Unterschied wurde nicht bemerkt oder interessierte niemanden. *Sollten wir je Kinder haben, würden die auch vom Sog der Organisation erfasst werden und sich dem Onkel unterordnen müssen?* Ihm wurde übel und er beschloss diese Gedanken für sich zu behalten. Er wollte Tina nicht aus ihren Träumen reissen. *Dies werde ich mit dem Onkel selbst regeln!* beschloss er. Ihm war es lieb und recht, wenn bis zum nächsten Treffen noch einige Zeit verginge. Aus eigenem Antrieb durfte man nicht zu ihm gehen. Erst kam ein Anruf, dann ein unscheinbarer Wagen der einen beim vereinbarten Treffpunkt abholte und mit einer langen Irrfahrt zum Onkel brachte. Er hasste dieses Spiel. Sizilien wurde von der Wunschliste gestrichen. Kurz darauf träumten sie von ihrer gemeinsamen Reise nach Paris und beschlossen ganz spontan am nächsten oder übernächsten Tag zu fahren.

DIE ANZEIGE

„Hallo Jean-Jacques, schön von dir zu hören. Wie geht's?" antwortete der Polizeivorsteher Fangmann lautstark mit vorgeheuchelter Freude über den unerwarteten Anruf.

„Alles bestens, alles bestens."

„Wie kann ich dir behilflich sein?" wollte er wissen und hoffte, dass es nichts kompliziertes sein würde. Denn den Multimillionär Hugo zu enttäuschen käme einem arbeitstechnischen Suizid gleich, so viel Macht hatte dieser über den öffentlichen Apparat dank seinem Geld und seiner Kontakte.

„Ich habe nur eine Kleinigkeit." Fangmann fühlte sich bereits sichtlich erleichtert. „Ich ziehe meine Anzeige zurück und erwarte, dass ihr sofort alle Ermittlungen einstellt. Keiner deiner Leute soll mich weiter belästigen. Ich erwarte einen wichtigen Geschäftspartner in meinem bescheidenen Anwesen während den nächsten Tagen. Sollte sich einer deiner Männer dennoch blicken lassen und die Verhandlungen deswegen scheitern, werde ich dich für deine fehlende Führungskompetenz zur Rechenschaft ziehen lassen."

„Kein Problem, dein Wunsch ist mir Befehl. Und wie geht es Deiner Familie?"

„Lass das Geschwätz. Du weisst, dass ich dafür keine Zeit habe. Wir sehen uns!" sprach es und legte ohne eine Antwort abzuwarten auf.

Das Tagebuch (VIII/X)

Endlich Ruhe! Maria atmete tief durch. Nach dem ganzen Stress von heute Morgen und während dem Mittagessen hatte sie nun wieder das Haus ganz für sich alleine. Ihr Sohn begleitete Tina nach Hause. Sie wusste nicht, ob sie sich über die Putzaktion von Hans Rudolfs Freundin freuen sollte. Einerseits war es gut, dass in seinem Zimmer wieder Ordnung herrschte. Andererseits glaubte sie nun nicht mehr daran dort noch weitere Reste vom Tagebuch finden zu können. Sie freute sich wenigstens eine Seite gerettet zu haben und ging in die Küche um sich ungestört die letzten verbliebenen Notizen vorzunehmen.

Wehmütig blickte sie auf die alte Kuckucksuhr. *Wird die noch zu reparieren sein?* fragte sie sich und löste das mit Klebestreifen befestigte Blatt von der Hinterseite des alten Zeitanzeigers. Der Sturz hatte auch die letzte Tagebuchseite in Mitleidenschaft gezogen. Durch den Aufprall waren die Seitenverstrebungen der Uhr gebrochen und hatten das daran befestigte Papier zerknittert und eingerissen. Maria legte es auf die Anrichte und strich es behutsam flach. Sie sah auf den ersten Blick, dass hier der Text mit einer kleinen Skizze ergänzt war. *Hab ich hier einen Volltreffer gelandet?* staunte sie und beschloss die genauere Untersuchung im Wohnzimmer fortzusetzten. Dort spürte sie einen leichten Luftzug. Nach dem Mittagessen öffnete sie immer eine Weile das Fenster um die zurückgeblieben Speisedüfte aus dem Haus zu vertreiben. Plötzlich überkam sie die Lust nach einem schwarzen Kaffee. Sie konnte nicht wiederstehen, legte das wertvolle Blatt auf den Esstisch und ging nochmals in die Küche.

Mit einem aromatisch duftenden Kaffee in der Hand kam Maria voller Elan wieder zurück. Sie blieb stehen. *Wo habe ich nur die Tagebuchseite hingelegt?* überlegte sie sich. Auf dem Tisch war sie nicht, ebenso wenig auf dem Schaukelstuhl. *Habe ich sie wieder in die Küche mitgenommen?* Doch nach einem Kontrollblick musste sie feststellen, dass das geheimnisbergende Blatt dort auch nicht zu finden war. Sie stand in der Mitte des Wohnzimmers und überlegt sich Schritt für Schritt was sie vorhin getan hatte. Da erinnerte sie sich an den Luftzug und schaute sich um. Auf dem Boden schien nichts zu liegen. *War der Wind wirklich stark genug um das Blatt fortzutragen?* Sie drehte sich zum Tisch um und hörte ein verdächtiges Knirschen. Erschrocken wich sie ein Stück zurück und verschütte dabei ein Teil ihres Kaffees direkt auf die zu Boden gefallene Tagebuchseite. Sie konnte sie vorhin nicht entdecken, da sie draufgestanden hatte. Es galt nicht zu zögern, um die letzten bewahrten Sätze ihres Sohnes zu retten. Doch Maria hatte kein Taschentuch zur Hand. Die einzige Möglichkeit schien ihre frischgewechselte Tischdecke zu sein. Die Kaffeetasse in der einen Hand, zog sie mit der anderen die weisse Baumwolldecke herab und tupfte sachte das Blatt sauber. Die Sorgen waren verfrüht gewesen. Ausser einer leichten gelbbraunen Verfärbung des Papiers und vieler neuen Knitterfalten durch ihre schwungvolle Drehung verblieb das Blatt unbeschädigt. Sie atmete auf und ihre innere Anspannung begann sich wieder zu lösen. Ein leises, regelmässiges Tropfen war zu hören. *Seit wann haben wir im Wohnzimmer einen Wasserhahn?* fragte sie sich und schaute auf. Die Blumenvase war beim Wegziehen der Tischdecke umgefallen und hatte sich entleert. Beim Versuch die Blumen einzusammeln bemerkte sie, dass sie noch immer die Kaffeetasse in der linken Hand hatte. Doch es war zu spät, auch der restliche noch saubere Teil des weissen Stoffes verfärbte sich braunschwarz. Maria verlor die Fassung. Das war zu viel des Guten. Voller Wucht schleuderte sie die vermaledeite Tasse in den Gang hinaus, wo sie scheppernd in ihre Einzelteile zersprang.

Sie liess alles stehen und liegen und beschloss sich später der ganzen Unordnung zu widmen. Der letzte Rest vom Tagebuch hatte nun erste Priorität. Sie hob es auf und setzte sich in ihren Schaukelstuhl. Sie atmete tief durch. Nichts geschah und ihr Puls beruhigte sich allmählich wieder. Zuoberst auf der schon ziemlich mitgenommenen Seite war das Ende eines Satzes zu lesen.

...wie üblich einkaufen und alles vorbereiten.

Einen Reim konnte sich Maria hierzu nicht bilden, existierte schliesslich der ganze Zusammenhang nicht mehr.

Donnerstag,

Endlich hat es geklappt. Ich hab den Geheimcode geknackt. Vater wollte mir nie zeigen wie es geht, doch nun habe ich es selbst herausgefunden. Es war nicht einfach, aber keine Knobelei ist vor mir sicher. Nun habe ich Zugang zur geheimen Bibliothek, dem Archiv des Wissens. Hier stehen die wichtigsten Werke der Organisation. Doch anrühren werde ich sie nicht. Vater hatte mich gewarnt: „Dem unwürdigen, der es wagt sie zu öffnen und der meint die Lösung darin zu finden, wird sich schreckliche Dunkelheit seiner Seele bemächtigen." Beim Gedanke an seine Worte läuft mir noch heute ein kalter Schauer den Rücken hinunter, obwohl ich keine Ahnung habe, was er gemeint haben könnte. Der Inhalt ist für mich unwichtig. Hauptsache ich habe den Zugang gefunden und das Wissen wird für die Zukunft der Organisation sicher bewahrt. Diese Aufgabe mache ich mir ab heute zu Eigen. Dem Onkel werde ich dieses Geheimnis erstmals noch nicht anvertrauen. Wer weiss ob Vater ihn in die Existenz seiner Schriften-Sammlung einweihte? Oder hatte Vater gar heimlich Kopien für sich angefertigt?

Hier hörte der Text auf. Der Rest der Seite war von einer Skizze ausgefüllt, die ein Bücherregal aufzeigt. Auf diesem waren einige Bücher rot eingekreist und mit einer Nummer versehen. Zudem war an der linken Seite ein bizarrer Affenkopf gezeichnet mit einem Pfeil auf jedes Auge, die mit den Nummern zwei und sieben beschriftet waren. Sie vermutete, dass dies der Schlüssel zum im Text genannten, geheimnisvollen Archiv Ihres verstorbenen Ehemannes war. Hoffnung und Freude erfüllten Maria. Die Chancen standen wieder gut trotz des verlorenen Tagebuchs noch viele Geheimnisse lüften zu können. *Ein Regal mit einem Affenkopf habe ich irgendwo schon einmal gesehen,* war sich Maria sicher. Doch konnte sie nicht einordnen, wo und wann das während den verstrichen dreiundsechzig Jahren gewesen war.

Die Entführung (I/II)

Diese Strasse entlang wird sie kommen, war sich Norbert sicher. Er hatte hier ein Versteck gefunden. Am Ende dieser Seitenstrasse war die Müllsammelstelle des Quartiers. Von hier aus hatte er den Überblick. Er stand in dem schmalen Spalt zwischen dem Unterstand, dem Container und der nächsten Hauswand. Er war sich sicher, dass ihn niemand entdecken konnte. Für den Fall der Fälle, dass dies doch passieren würde, hatte er einen kleinen Müllsack mitgenommen. Diesen würde er dann in die Tonne werfen und verschwinden. Auf dem Weg hierher hatte er schon einen unauffälligen Standort für sein Fluchtfahrzeug ausgemacht. Die Seitenstrasse war nicht sehr lang, aber sie schien auch nicht benutzt zu werden. In der Mitte war sie mit drei grossen Blumentöpfen in zwei Sackgassen getrennt um keine Durchfahrt zu ermöglichen. Die Pflanzen, die dort ohne jede Pflege wuchsen, würden jedem Menschen mit einem grünen Daumen einen Stich ins Herz versetzen. Der Assistent hatte diese jedoch nicht einmal wahrgenommen. Auf der anderen Seite der Absperrung plante er seinen Wagen zu parkieren, wenn es soweit war. Er hoffte, dass dann der schwarze Van mit dem französischem Nummernschild, an welchem er vorbeigeschlichen war, nicht mehr dort stehen würde.

Er sah sie kommen und hatte sich in seiner Einschätzung nicht getäuscht. Sie lief direkt an ihm vorbei ohne ihn zu bemerken. Diesmal kam sie in Begleitung ihres Freundes. Er freute sich und sah schon vor Augen, wie er sich des Nachts aus dem Schatten lösen und sie mit einem Chloroform getränkten Tuch betäuben würde.

Plötzlich spürte Norbert, wie ihn eine starke Hand von hinten umgriff. Ein süsslicher Geruch stieg in seine Nase. Seine Sinne wurden selbstständig. Die Welt erschien kurzzeitig in den schillerndsten Farben vor seinen Augen.

Der Schlag mit dem Kopf gegen das kalte Metall holte ihn wenig später wieder zurück in die Wirklichkeit. Sein Entführer versuchte ihn durch die offene Tür in den schwarzen Van hineinzustossen. Immer noch etwas benebelt schlug Norbert wild um sich. Als er bemerkte, dass sein Widersacher von ihm abliess, rannte er in panischer Angst davon. Weit kam er nicht. Ein paar Gassen später machten sich die Nebenwirkungen dieses fürchterlichen Rauschmittels bemerkbar.

Als er fünfzehn Minuten später wieder langsam auf seine Beine kam, hatte er das Gefühl er habe alle seine Innereien auf die Strasse erbrochen. Er hörte nur wie die Leute im Vorbeigehen über ihn schimpften und ihn blöd anstarrten. Hilfe hatte ihm niemand angeboten. Von seinem Angreifer fehlte jede Spur. Mit letzter Kraft schleppte er sich nach Hause. An jeder Strassenlampe musste er sich kurz abstützen um neue Energie zu sammeln. So schlecht hatte er sich in seinem ganzen Leben noch nie gefühlt.

Die Entführung (II/II)

Der Auftrag schien Leo unkompliziert und rasch erledigt zu sein. Früher in der Szene gefürchtet war er heute einer der letzten seiner Garde. Kaum mehr jemand kannte seinen Namen.

Die Zeiten hatten sich geändert. Heute war es äusserst schwierig in der Branche. Präzision war nicht mehr gefragt. Es wurde ihm jedes Mal aufs Neue übel, wenn er daran dachte wie sich sein letzter Schüler von ihm abgewandt hatte um in einem Trainingslager in Kleinasien seine Ausbildung abzuschliessen. Zwei Monate später las er dann die traurige Nachricht. Sein Zögling, sein grösstes Nachwuchstalent seit langem, hatte seinen ersten Auftrag medienwirksam abgeschlossen. Es war zugleich auch sein letzter. Er war mit einem Motorrad in eine Menschenmenge gerast und hatte sich in die Luft gesprengt. Die Zielperson überlebte den Anschlag ohne Schramme, man sah ihn sogar im Hintergrund der Tagesschaubilder lachen.

Zu seinen ruhmreichen Zeiten gab es so etwas nicht. Medienrummel war Tabu. Unschuldige wurden nur in grösster Not eliminiert. Diese bestand nur, wenn ihn jemand in Aktion erwischt hatte. Während seiner ganzen bisherigen Karriere war ihm dies bisher kein einziges Mal passiert. Seine Ausbildung genoss er in der Fremdenlegion in Frankreich. Nach 5 Jahren Einsatz an den verschiedensten Fronten quittierte er seinen Dienst und wechselte in die Privatwirtschaft. Doch inzwischen waren seine Dienste nicht mehr gefragt. Seit etlichen Jahren befand er sich nun schon auf dem Abstellgleis. Der Terrorismus bestimmte heute die Szene. Die guten alten Werte und der Ehrenkodex hatten keine Bedeutung mehr. Er wäre lieber verhungert als in diesem immer stärker werdenden Strom mitzuschwimmen.

Vor fünf Jahren hatte er dann Pater Benedikt kennengelernt. Dies war ein glücklicher Wendepunkt in seinem Leben. Seine Waffe musste er trotzdem weiterhin im Schrank liegen lassen. Der Pater gelobte hartes und kompromissloses Vorgehen. Er liess jedoch keinen Mord zu und begnügte sich mit entführen, foltern, erpressen und gehirnwaschen um seine Widersacher zur Besinnung zu bringen. Immerhin hatte Leo seither zum ersten Mal in seinem Leben ein geregeltes Einkommen und musste nicht mehr der komplizierten und riskanten Suche für potentielle Aufträge nachgehen.

Diesmal sollte er einen Versager einfangen und mitbringen. Er wusste nicht was der Pater mit ihm wollte und es interessierte ihn auch nicht weiter. Geschäft war Geschäft. Er wusste nur, dass dieser vor sieben Jahren in die Organisation als Doppelagent eingeschleust wurde und bis heute keine Erfolge vorweisen konnte. Zuletzt drohte er dem Pater alles auffliegen zu lassen und hatte damit gleich sein eigenes Unglück geschmiedet. Leo dachte sich, dass er ihn einfach fallen gelassen hätte. Seines Erachtens hätte der sich nie getraut auch nur ein Wort auszuplaudern und wenn schon, hätte ihn niemand ernst genommen. Doch nicht seine Meinung sondern seine Präzisionsarbeit war gefragt. Ein paar Meter weiter vorne stand seine Zielperson, welche die Umgebung beobachtete, in der Meinung selbst unerkannt zu sein. Zudem war er vorhin minutenlang um den Van gestrichen. Fast hätte Leo die Tür aufgemacht und ihn einfach hineingezerrt. Es schien ihm ein leichtes Spiel zu werden.

Der Profi stieg aus und näherte sich lautlos seinem nichtsahnenden Opfer. Ein gekonnter Handgriff und er hatte ihn in seiner Macht. Die Schiebetür zog ihm einen Strich durch die Rechnung. Gerade als er Norbert hineinwerfen wollte, fiel sie zu und dessen Kopf prallte mit voller Wucht dagegen.

Leo war zu perplex ob diesem Missgeschick und machte keine Anstalten ihn aufzuhalten. Noch nie war ihm so etwas wiederfahren. Leo überlegte sich, ob es nun an der Zeit war sich auf seinem Landsitz in der Provence zur Ruhe zu setzten. Er beschloss dies mit dem Pater zu besprechen.

KOMPETENZEN ÜBERSCHRITTEN

„Jetzt geht es ab ins Wochenende!" freute sich Bruno.

„Ich werde nochmals beim reichen Hugo vorbeischauen", erklärte Inspektor Käfer. „Der plötzliche Abbruch der Ermittlungen stimmt mich skeptisch."

„Sie sehen auch hinter allem ein Verbrechen, Inspektor. Geben sie mir Bescheid wann sie loslegen. Ich komme mit!"

„Und dann ruft mir deine Verlobte wieder aufs Handy an und beschimpft mich auf Tschechisch. Sag ihr endlich, dass sie mit mir Deutsch sprechen soll, ich versteh sonst nicht was sie will."

„Keine Sorge, mich beschimpft Natashka ebenfalls in ihrer schönen Muttersprache."

„Das stört dich nicht?"

„Ich bin ganz glücklich darüber. Will gar nicht wissen was das alles heisst. Ihr böser Gesichtsausdruck genügt mir jeweils vollauf. Aber zurück zum Thema. Ist dir vorhin beim Vorbeifahren auch der knallig gelbe VW-Käfer mit französischem Nummernschild vor der Villa aufgefallen?"

„Naja, dieses reiche Gesindel hat oft exzentrische Freunde. Aber übersehen konnte man den nicht. Und vor allem das rote Smilie mit Bischofsmütze auf der Seitentüre. Diese Leute haben wirklich einen absonderlichen Geschmack."

Karl Heinz kam völlig ausser Atem angerannt und bedeutete, dass er etwas Wichtiges zu sagen hatte. Gespannt sahen die beiden ihn an während er nach Luft schnappte und Wort für Wort in den Raum stammelte. *Den ganzen Tag nur rumsitzen und auf den Bildschirm gucken ist eben doch nicht das Beste für die Gesundheit!* dachte sich Bruno und hatte beinahe Mitleid mit seinem Kollegen dem Computer- und Videoanalyseexperten. Langsam fügten sich die Bruchstücke zu einem Ganzen zusammen. Gestern Abend hatte er eine Spur im Tatortvideo entdeckt. Etwas, das ihm davor nicht aufgefallen war und das er heute Morgen im Meeting wieder ganz vergessen hatte. Bei seinem Freitagnachmittagsdonat kam es ihm wieder in den Sinn und er wollte es nochmals näher überprüfen. Doch die Videokassette und die externe Festplatte mit der Kopie waren verschwunden. Keine Spur, kein Abschiedsbrief und auch kein Schnappschuss auf den internen Überwachungsbändern. In der Informatikabteilung und beim dazugehörigen Hinterausgang waren nämlich aus Kostengründen keine richtigen Kameras installiert worden.

Bevor die Drei über das mysteriöse Verschwinden zu diskutieren anfangen konnten, trat der Polizeivorsteher Fangmann mit hochrotem Kopf dazu. Das verhiess nichts Gutes. Wortlos drückte er Inspektor Käfer und Bruno ein Blatt in die Hand. Verwundert schauten die sich das genauer an. Zuoberst stand mit grossen Buchstaben: Dienstplan der Archivierungsabteilung.

„Das habt ihr euch selbst ausgefressen!" verkündete Fangmann voller Hohn. „Vor fünf Minuten habe ich ein Telefon erhalten. Der ehrenwerte Monsieur Hugo hat sich beschwert. Ihr seid, trotz meiner Ausdrücklichen Weisung euch fernzuhalten ganz langsam an seinem Anwesen vorbeigefahren. Was denkt ihr euch eigentlich wie beobachtet und verunsichert sich da sein wichtiger Besuch fühlte. Haben euch denn alle guten Geister verlassen. Ich hatte euch heute Mittag klipp und klar gesagt," der Polizeivorsteher wurde immer lauter und lauter, „dass dieser Fall abgeschlossen ist!"

Es herrschte eine kurze Pause des Schweigens.

„Hier habt ihr jetzt die Quittung dafür." Fangmann begann Inspektor Käfer und Bruno anzuschreien. „Die nächsten zwei Wochen werdet ihr im Archiv die Unterlagen von alten Fällen einscannen. Ich höre keine Wiederrede! Ihr kennt ja das alte A4-Einlesegerät dort unten. Ich wünsche euch viel Spass dabei. Und wehe ihr wagt es auch nur noch einmal in die Nähe der Villa vom ehrenwerten Monsieur Jean-Jacques Hugo!"

Inspektor Käfer wurde ganz bleich im Gesicht als der Polizeivorsteher auf dem Absatz kehrt gemacht hatte und stampfenden Schrittes davonlief. *Sollte dies das Ende meiner ruhmvollen Kariere als Ermittler sein?* fragte er sich und bekam es mit der Angst zu tun. Sein Vorhaben am Wochenende den Multimillionär Hugo weiter zu beschatten geriet für ihn immer mehr in den Hintergrund. Er überlegte sogar sich eine Familienschachtel Donuts zu kaufen und die zwei folgenden Tage hinter dem Fernseher zu verbringen. Ansonsten verspottete er Bruno immer, wenn er ihm den Fortgang seiner Lieblingskrimiserie erzählte. Karl Heinz verdrückte sich mit einer kurzen Entschuldigung in Richtung seines Büros. Ihm schmerzten die Ohren ob dieser Lärmbelästigung. Wenn er an seinem Computer arbeitete hatte er immer einen Spezialkopfhörer aufgesetzt. Viele vermuteten, wenn sie ihn sahen, dass er bei der Arbeit Musik hörte. Dem war nicht so. Er dämpfte alle Geräusche auf ein Minimum, denn sie störten ihn in seiner Konzentration.

„Dieser inkompetente Wichtigtuer kann mich Mal!" fluchte Bruno vor sich hin und zog den in seinen Gedanken gefangenen Inspektor Käfer in Richtung Ausgang.

THEODOR

Maria stand vor der Türe des Schlafzimmers ihres Ehemannes. Wenige Tage nach seinem Tod war sie zusammen mit ihrem Sohn das letzte Mal in diesem Raum gewesen. Damals hatten sie sein Testament gesucht und nicht gefunden. Tags darauf rief ein ihr unbekannter Anwalt an. Theodor hatte wenige Tage zuvor bei ihm seinen letzten Willen hinterlegt. Das Ganze kam ihr spanisch vor, arbeitete er doch nie mit einem Rechtsverdreher, den er nicht eingehend kannte und nicht mindestens einmal nach Hause eingeladen hatte. Zuerst wollte sie überprüfen lassen, ob alles mit rechten Dingen zu und her ging. Hans Rudolf überzeugte dann aber seine Mutter, dass der Anwalt glaubwürdig war. Inzwischen vermutete sie, dass da schon die geheimnisvolle Organisation aus dem Tagebuch ihres Sohnes mit im Spiel war. Sie unterstellte ihm nichts und glaubte fest daran, dass er sie damals vor seinen Problemen schützen wollte.

Wie fast alle anderen Türen im Haus war auch diese nicht abgeschlossen. Sanft berührte sie das verblichene Holz mit ihrer Hand. Noch konnte sie sich nicht entscheiden einzutreten, aber die alten Vorbehalte gegen die Regeln ihres längst verstorbenen Ehemannes zu verstossen wurden immer schwächer. Anfangs hatten sie ihr Schlafzimmer noch geteilt und dieses Zimmer war für ein weiteres Kind geplant. Doch der erhoffte Nachwuchs blieb aus und Hans Rudolf ihr einziger Sohn.

Später als ihr Mann immer unruhiger wurde, war sie froh um diesen leerstehenden Raum. Sie verbannte ihn kurzerhand hier herüber, denn sie wollte nicht immer nachts aufgeschreckt werden, wenn er wieder einmal nach dem Abendessen bis spät in die Nacht hinein Überstunden leisten musste. *Oder arbeitete er, als ich ihn im Büro vermutete, für diese geheimnisvolle Organisation?* Auf einmal fühlte sie sich von Theodor aufs übelste hintergangen. Wut übernahm in ihrem Herzen die Stelle vom anfänglichen Kummer um ihren selig dahingeschiedenen Gatten. Ohne sich weiter Sorgen zu machen öffnete Maria die Türe und trat ein. Stickige Luft und der Staub der Zeit erfüllte den Raum. *Hier war schon lange niemand mehr gewesen*, wurde sie sich bewusst und öffnete erstmals Rollladen und Fenster. Dieses Zimmer ging direkt auf die Hauptstrasse hinaus und war somit einiges lärmiger als das von Hans Rudolf.

Vor Jahren als sie sich noch ein Zimmer teilten, erinnerte sie sich, dass Theodor seine brisantesten Unterlagen nicht in seinem Arbeitszimmer sondern in der obersten Nachttischschublade aufbewahrte. Einmal, als sie ihm in der Hoffnung, dass er sich gleich zu ihr legen würde, zuschaute, wie er seinen Schreibblock in die Schublade legte, fuhr er sie lautstark an. Er erklärte ihr gehässig, sie habe ihn nicht zu beobachten und seine Privatsphäre so einzuengen. Sie drehte sich mit dem Rücken zu ihm auf ihre Seite des Bettes und fügte sich so seinem Wunsch. Seit diesem Tag kühlte sich ihre körperliche Beziehung immer weiter ab.

Die obere Schublade war voller kleiner, zerknüllter Blätter. Sie nahm eines raus und entfaltete es. Es war ein Briefanfang. Adresse und Anschrift fehlten. Nur zwei Standard Eröffnungssätze hatte er geschrieben und es sich dann scheinbar anders überlegt. Die darauffolgenden Papierbällchen unterschieden sich nicht von dem ersten. Enttäuscht nahm sie all die zerknüllten Seiten raus und warf sie zu Boden in der Hoffnung darunter etwas Aufschlussreicheres in der Schublade zu finden. Sie staunte nicht schlecht, als sie ihre schon lang vermisste schwarze Spitzenunterwäsche entdeckte. Sie schien getragen worden zu sein. Maria wollte nicht wissen, was Theodor damit angestellt haben könnte. Gleich darunter befand sich ein dünnes Fotoalbum mit Bildern, die sie in seliger Ruhe schlafend zeigten. *Hab ich ihn damals so sehr verletzt als ich ihn hierherüber verbannte?* fragte sie sich. Doch um diese Entscheidung zu bedauern war es schon lange zu spät. Maria setzte ihre Suche fort. Viel gab es nicht mehr. Neben seinem Kugelschreiber mit eingravierten Initialen befand sich nur noch ein Schreibblock. Auf den ersten Blick schien dieser unbenutzt zu sein. Sie brauchte erstmals einen langen schwarzen

Kaffee zur Stärkung. Einige Minuten später führte sie ihre Suche mit neuem Elan fort. Unter Zeitdruck stand sie nicht. Ihr Sohn war bei seiner Freundin, meist kam er dann erst samstags wieder nach Hause. Sie genoss diese freien Freitagabende jeweils in vollen Zügen. Wobei Hans Rudolf sie auch sonst kaum einmal störte, wenn er zu Hause war. Ausser den gemeinsamen Essen verlief ihr Leben fast ungestört nebeneinander her. Sogar seine Wäsche wusch und bügelte er selbst.

Maria entschied sich systematisch vorzugehen. Zuerst nahm sie alle zerknäulten Seiten auseinander und stapelte sie fein säuberlich. Alle waren identisch. Immer wieder bekam sie die zwei nichtssagenden Sätze von neuem zu Gesicht. Es schien als ob der Mut Theodor jeweils gleich wieder verlassen hatte um den Brief zu Ende zu schreiben. *Aber wieso warf er diese Seiten in seine Schublade und nicht in den Papierkorb?* fragte sie sich und legte den Stapel der glattgestrichen Briefe zusammen mit den Fotos und ihrer Wäsche zurück in die obere Schublade. Enttäuscht nahm sie Block und Schreibzeug zur Hand und malte aus der Laune heraus eine Sonnenblume auf die erste Seite. Sie betrachtete ihr Werk und es fiel ihr auf, wie ungenau sie die Striche gezogen hatte. *Bin ich denn schon so alt und zittrig?* konstatierte sie erschüttert, vermutete jedoch etwas anderes. Tatsächlich, als sie den A4-Block durchblätterte fand sie dazwischen fünf beschriebene Postkarten. Auf allen war das Bild von einem alten Kloster und der dazugehörigen Kapelle abgebildet jedoch kein Vermerk, wo sich dieses befand. Die Schrift auf den Rückseiten war grösstenteils bereits verblichen. Der Schreiber schien eine billige Tinte verwendet zu haben. Genau konnte sie es nicht sagen, denn sonst hätte sie die Karten zur Untersuchung in ein Labor geben müssen. Das wollte Maria verständlicherweise nicht. Zur ihrem Glück hatte ihr Ehemann stichwortartig Bemerkungen mit seinem Kugelschreiber notiert, welche noch gut leserlich waren. Weder Briefmarke noch Poststempel waren auf den Karten vorhanden.

DIE POSTKARTEN

Maria nummerierte die Karten fein säuberlich nach der Reihenfolge wie sie im Block verborgen waren. Danach schlug sie ein neues Blatt auf und notierte sich die Stichworte von Theodor um rauszufinden, was diese bedeuten könnten.

Karte 1:

Interessantes Angebot

Karte 2:

Ausweg aus meinem Dilemma?

Der Onkel darf nichts erfahren.

Karte 3:

Erstes Treffen äusserst befriedigend.

Welche Schriften?

Werden sie den Preis bezahlen?

Karte 4:

Nein, du wirst nicht erfahren wo das Archiv ist.

Vom Regen in die Traufe.

Er will alles!

Karte 5:

Egger hat mich gesehen.

11:55, gibt es einen Ausweg?

Maria war am Ende ihrer Kräfte. *Mein Theodor, ein Verräter?* Sie konnte es nicht glauben, doch die Indizien waren erschlagend. Auch wenn sie nicht wusste für was die Organisation einstand, für welche er und ihr Sohn tätig waren, empfand sie das Verhalten ihres verstorbenen Mannes als ungeheuerlich. *War nicht auf der letzten verbliebenen Tagebuchseite auch von einem Archiv die Rede?* fragte sie sich und entschied die Postkarten mit dem letzten erhaltenen Eintrag ihres Sohnes zu vergleichen. Sie war sich sicher dem Rätsel auf die Spur zu kommen. Müdigkeit kam in ihr auf. Sie musste Gähnen. Den ganzen Tag war Sie bereits auf den Beinen. Von den ganzen Nachforschungen fühlte sie sich total erschöpft und ausgelaugt. Maria beschloss, sich zuerst für ein paar Stunden hinzulegen um sich auszuruhen.

DER ANRUF

Gemütlich sassen Tina und Hans Rudolf zusammen zwischen den Kleiderhaufen in ihrem Schlafzimmer und ruhten sich nach getaner Arbeit aus. Von der Ratte fehlte jede Spur. Das fragliche Zimmer hatte sie inzwischen aufgeräumt und die Scherben entsorgt. Auf dem Boden fanden sich auch einige schwarze, glänzende Knöpfe, die er einsammelte ohne ihnen nähere Beachtung zu schenken. Hans Rudolf schlug vor, die Kleider einem Second Hand Shop zu verkaufen oder im Internet zu versteigern. Tina war skeptisch, doch sein Argument, dass sie mit dem Geld neue Stoffe kaufen und somit viel Zeit und Arbeit sparen konnte, schien ihr dennoch einleuchtend. Es beunruhigte sie jedoch, dass sie sich bei dieser Variante viel schneller von ihren Sachen trennen musste. Dies würde es ihr noch schwerer machen zu entscheiden was sie behalten möchte und was nicht.

Ein leises Surren und Vibrieren durchbrach jäh

die idyllische Atmosphäre. *Welcher Idiot wagt es mich jetzt zu stören?* ärgerte sich Hans Rudolf. Er sah auf das Display seines Mobiltelefons und wurde bleich. Diesen Anruf durfte er nicht ignorieren. Der Onkel wollte ihn sprechen. Die Botschaft war kurz und deutlich. Hans Rudolf hatte sich morgen Samstag um vier Uhr fünfundvierzig nachmittags bei der St. Georgs Kapelle einzufinden. Er wusste, dass dies nicht der effektive Ort war, wo er sich mit dem obersten Chef der Organisation treffen würde. Wie üblich würde nur der Fahrer kommen, ihn einsteigen lassen und mit verbundenen Augen zum Onkel fahren. Hans Rudolf konnte dieses umständliche Prozedere nicht ausstehen.

Tina nervte sich gewaltig, dass ihr geplanter Ausflug nach Paris vorerst ausfallen würde. Ihr Freund versuchte ihre Wut zu beschwichtigen. Er ärgerte sich aber ebenso und hatte dieses Gehabe der Oberen der Organisation satt. *Tu dies, tu das, keine Wiederrede!*

„Ich werde beantragen, dass wir die Organisation verlassen können." verkündete Hans Rudolf in seiner Aufregung. Tina war überrascht. Sie dachte bisher immer, ihr Geliebter würde eher sein Leben opfern als sich von diesen Leuten zu trennen.

„Handle dir aber bitte keine Probleme ein!" warnte sie ihn eindringlich. „Du weisst doch, dass wir mit der Mitgliedschaft eigentlich einen lebenslänglich gültigen Eid abgelegt haben."

„Pah, die werden wohl nicht so stur sein. Was bringt es ihnen jemanden in ihren Reihen zu haben, der nicht mehr weiterarbeiten will."

„Bitte halte dich zurück und sei dem Onkel gegenüber vorsichtig mit deinen Äusserungen."

„Die können gut auf mich verzichten, wenn vorgestern alles gut gelaufen wäre, hätte ich nun bereits meinen letzten Auftrag hinter mir."

„...und du wärst befördert worden. Mir wäre es auch recht nichts mehr mit diesen Leuten zu tun zu haben, aber nicht um jeden Preis. Denk auch an uns! Vielleicht ist es schon gut wenn wir eine ruhigere Aufgabe erhalten, wobei wir uns aus dem Tagesgeschäft der Organisation raushalten könnten."

Hans Rudolf liess sich nicht überzeugen und wollte auch nicht mehr weiterdiskutieren. Er beschloss, sich alles morgen früh noch einmal in Ruhe durch den Kopf gehen zu lassen. Innerlich begann er jedoch bereits sich die Worte für das Treffen mit dem Onkel zurechtzulegen.

Das Tagebuch (IX/X)

Maria wälzte sich in ihrem Bett hin und her. Der erhoffte Schlaf und die damit verbundene Erholung wollte und wollte nicht eintreten. Zu sehr beschäftigten sie die Gedanken an Theodors Karten und ihres Sohnes Tagebuch. *Was stand in diesen geheimnisvollen Schriften? Wo war das Archiv? Existiert es noch immer? Wieso beging mein verstorbener Mann Verrat? Liess ihn deshalb sein Herz so früh im Stich? Wie tief steckt mein geliebter Sohn in dieser Organisation mit drin? Ist sein Leben in Gefahr?* Die wildesten Spekulationen kamen ihr zu diesen Fragen in Sinn. Sie fiel in einen unruhigen Schlaf.

Kaum hatte sie die Augen geschlossen, sah sie ihr Haus von geheimnisvollen vermummten Gestalten in schwarzer Kleidung umringt. Von allen Seiten kamen sie näher, durch alle Fenster stiegen sie ein. Es gab kein Entrinnen. Sie und ihr Sohn waren Gefangene in ihrem eigenen Haus. Sie banden sie auf ihrem Schaukelstuhl fest und zerlegten ein Möbelstück nach dem anderen in seine Einzelteile. Sie fanden nichts. Das ganze Mobiliar war zerstört. Im Traum hatte Maria Theodors Karten und die Tagebuchseite im Futter des Schaukelstuhls versteckt. Schliesslich schlugen die geheimnisvollen Übeltäter Eisenringe in die Wohnzimmerwand. Ihr Sohn wurde daran festgebunden. Seine Füsse schwebten fünf Zentimeter über dem Boden. Sie sprachen mit ihm in einer ihr unverständlicher Sprache. Immer wieder schienen sie ihm die gleichen Fragen zu stellen. Er antwortete nicht. Plötzlich klingelte es an der Tür und sie hoffte der Mann im grau-braunen Mantel stehe da und würde alle Angreifer in die Flucht schlagen. Doch eine mysteriöse Gestallt in dunkelroter Mönchskutte mit Kapuze betrat den Raum. In der einen Hand trug er einen Stock mit einem Eisernen Kreuz, in der anderen einen schwarzen, mit Blutspritzern übersäten Koffer. Das Adrenalin schoss in immer grösseren Mengen durch ihre Adern. Der rote Mönch stellte sich vor ihren Sohn und stellte dieselben Fragen wie seine Komplizen zuvor. Zuerst schien es ihr als ob Hans Rudolf diesmal antworten würde. Sie öffnete gerade ihren Mund um zu schreien er solle ja nichts preisgeben. Doch dann sah sie seine Spucke vom Kinn des anderen tropfen und sie entspannte sich etwas. Ihr Sohn war nicht kleinzukriegen.

Ihre Freude währte nur von kurzer Dauer, denn der Rote kam auf sie zu. Er grinste sie hämisch an. Den Koffer vor ihr ausbreitend sah er zu Hans Rudolf und sprach zu ihm ein paar Worte mit seiner monotonen gefühlslosen Stimme. Ihres Sohnes Augen weiteten sich vor Entsetzen. Der finstere Mönch bückte sich, legte seinen Stock nieder und nahm ein verschmutztes Marmeladenglas und ein blutiges Skalpell aus seinem Folterwerkzeugkoffer. Er gebot zweien der schwarzen Gestallten ihren Schaukelstuhl festzuhalten. Maria sass in der Falle. Er öffnete das Glas etwas ungeschickt und eine kleine, stinkende Made fiel ihr in den Ausschnitt. Sie wollte schreien, doch die Laute blieben ihr im Halse stecken. Im Hintergrund nahm einer der schwarz Vermummten einen grossen kupfernen Gong hervor. Der Rote umfasste sein Messer fester. Totenstille herrschte im Raum. Das Blut gefror ihr in den Adern. Der Mann mit dem Instrument holte aus und liess den Schläger gegen seinen Gong sausen. Ein dumpfer Laut durchbrach die Nacht. Die Augen des bösen Folterknechts strahlten vor erwartungsvoller Freude.

Maria schreckte schreiend auf, sprang aus ihrem Bett und rannte kreuz und quer durch die Wohnung. Die Glocken der fernen St. Georgs Kapelle hatten sie mit ihrem zwölften Schlage aus ihrem Alptraum befreit. Ein Kaffee nach dem anderen goss Maria in sich hinein und beruhigte sich langsam wieder. *Seit fünfzig Jahren hatte ich keinen Alptraum mehr!* Zittrig vom übermässigen Koffeeingenuss holte sie Theodors Karten und die Tagebuchseite hervor. *Wo soll ich mit suchen beginnen?* fragte sie sich. Ohne selbst klar zu wissen wohin sie wollte ging sie ins Zimmer ihres Sohnes. Büchergestell gab es hier keines. Sie beschloss zu versuchen, ob sie die zweite Türe öffnen oder aufbrechen könnte. Sie schaltete das Licht ein und traute ihren Augen nicht. Sie konnte die Türklinke nicht mehr entdecken. Ungläubig ihrer eigenen Erinnerung gegenüber schritt sie näher zur Wand und tastete diese ab.

Schnell fand Maria die Konturen des verschlossenen Durchgangs, wie auch die fein säuberlich überklebte Stelle wo sich die Türklinke befunden hatte. Hier gab es kein Durchkommen. Da sie wusste, dass sich Gegenüber das Arbeitszimmer ihres seligen Theodors befand, wollte sie es auf dem direkten Weg versuchen. Überzeugt, dass diese Türe wie die von ihres Sohnes und Mannes Zimmer ebenfalls unverschlossen sein würde, drückte sie die Klinke hinunter und lief geradewegs weiter.

Mit einem Krachen prallte sie gegen das unnachgiebige Holz. Ihre Nase schmerzte vom Zusammenstoss. Verärgert holte sie den Schlüsselkasten. Einen nach dem anderen probierte sie aus. Keiner passte. Jemand hatte das Schloss ausgewechselt. Ihr wurde bewusst, dass sie längst nicht mehr die Kontrolle über alle Vorgänge in diesem Haus hatte. Enttäuscht schaute sie die Türe, die Postkarten, wie auch die letzte erhaltene Seite der Aufzeichnungen ihres Sohnes an. *Wie kann ich euch eure Geheimnisse entlocken?* Maria ging zurück in ihr Schlafzimmer. Die wertvollen Papiere versteckte sie diesmal direkt unter ihrem Kopfkissen. Sie legte sich auf ihr weiches Bett und fiel in einen langen traumlosen Schlaf.

DIE REISE

„Was der wohl will?" murmelte Hans Rudolf nervös vor sich hin.

„Beruhige dich doch. Du bist noch nicht Mal am Treffpunkt und schon liegen deine Nerven blank." ärgerte sich Tina über ihren Freund.

„Grmpf, kannst du die Zeit auf Mama Acht geben?"

„Das haben wir doch schon zehn Mal besprochen und den Schlüssel zum Arbeitszimmer hast du mir auch gegeben."

„Ach lass mich doch in Ruhe, wir sehen uns später."

Um Viertel vor drei traf Hans Rudolf vor der St. Georgs Kapelle ein und bemerkte, dass er viel zu früh da war. Um sich die Zeit zu vertrödeln betrat er das Gotteshaus. Er war nicht religiös veranlagt und fand es suspekt zu jemandem zu beten dessen Existenz sich nicht mit reiner Logik erklären liess.

Trotzdem kehrte er des Öfteren in Kirchen und Kapellen ein. Er mochte die andächtige Ruhe, die diese geweihten Häuser ausstrahlten.

An diesem Samstag konnte er sich aber auch hier nicht richtig entspannen. Das bevorstehende Treffen mit dem Onkel liess ihn nicht zur Ruhe zu kommen. *Was will er von mir?* fragte er sich immer wieder. *Will ich wirklich die Organisation verlassen?* Einerseits hatte er viele gute Zeiten in ihren Reihen erlebt, andererseits nervte ihn die unveränderbare, hierarchische Struktur und das Gehabe der oberen immer mehr. *Wie werde ich das dem Onkel erklären?* Wieder und wieder ging er den möglichen Dialog in seinem Kopf durch. Mal mit positiver, mal mit verneinender Haltung des Mannes, der die Fäden der Organisation nach wie vor fest in den Händen hielt und mit seinen Untergebenen wie mit Schachfiguren spielte um seine Ziele durchzusetzen.

Ein alter Mann trat ein und lief hinkend mit Hilfe seines Stockes zur Kerzenempore. Schwerfällig stellte er den Stock hin und versuchte eine der kleinen Kerzen aus der Schachtel zu nehmen. Einige Male entglitt sie seinen von stark fortgeschrittener Arthrose gezeichneten Fingern. Schliesslich erwischte er eine und platzierte sie auf der dafür bestimmten Ablage. Jedoch nicht bei den andern sondern ganz auf der anderen Seite. Man konnte meinen er habe diesen Platz schon seit jeher für seine Kerze gemietet. Beim Anzünden wiederholte sich dasselbe Spiel noch einmal, doch schliesslich brannte sie und ein Anflug von entspannter Freude war in seinen Gesichtszügen zu entdecken. Der vom fortgeschrittenen Alter gezeichnete spindeldürre Mann blieb einige weitere Minuten stehen und betrachtete andächtig die kleine Flamme. Er drehte sich um und bemerkte wie aufmerksam Hans Rudolf ihn beobachtete.

„Die ist für Roberto, meinen Sohn. Jeden dritten Samstag des Monats komme ich hierher, zünde eine Kerze an und erinnere mich seiner." Der Alte hielt einen Moment inne. Hans Rudolf blieb stumm, er wusste nichts zu sagen.

„Er starb vor sechsundfünfzig Jahren. Sieben Jahre war er alt. Egal wie krank ich war, immer habe ich hier eine Kerze für ihn angezündet und keinen Monat ausgelassen. Meine Frau verkraftete seinen Tod leider nicht. Sie reiste nach Nepal um ihre Ruhe wiederzufinden. Sie schrieb mir anfänglich alle ein, zwei Jahre einen langen wirren Brief. Seit längerem hab ich leider keine Post mehr von ihr erhalten. Ihre Adresse hab ich nicht." Ausser Atem verstummte er und sammelte neue Kräfte. Als er merkte, dass sein Gegenüber keiner Antwort fähig war, nahm er seinen Stock, ging langsam Richtung Türe und verliess einige Minuten später die St. Georgs Kapelle.

Hunderte von Fragen und Gefühlen strömten durch Hans Rudolfs Kopf. Der Alte hatte ihn tief beeindruckt. Es war ihm, als sei er ihm vor einem viertel Jahrhundert schon einmal begegnet. Damals hatte er über die alten Leute und ihre Kerzen gelacht. An diesem Tag war ihm nun aber mehr nach Weinen zu Mute.

Mit lautem Krachen wurde die Eingangspforte aufgerissen und holte ihn sofort in die Realität zurück.

„Da bist du also! Ich habe dich überall gesucht." sprach der Mann, den er im einfallenden Sonnenlicht nicht richtig erkennen konnte. „Verdammt! Du weisst doch, der Onkel kann es nicht ausstehen, wenn man ihn warten lässt."

Der Fahrer gebot Hans Rudolf hinten einzusteigen. Es war ein alter, schwarzer Mercedes mit bequemen Sitzen und einem geräumigen Innenraum. Kaum hatte er sich hingesetzt verband ihm der Gesandte des Onkels die Augen. Er hasste dieses Prozedere. *Jetzt kurven wir wieder stundenlang, ohne ein Wort zu wechseln durch die Strassen.* Anfangs hatte er oft versucht ein Gespräch zu beginnen. Der andere blieb aber immer stumm, als ob er nichts hören würde. Es ging bergauf und bergab, durch den Stadtverkehr und wieder hinaus aufs Land und zurück, bis sie dann irgendwann nach Einbruch der Dämmerung beim Haus des Onkels ankamen. Beim Aussteigen schlug Hans Rudolf wie jedes Mal seinen Kopf schmerzhaft oben am Türrahmen an und fluchte lautlos vor sich hin. Weiter ging es ins Haus und dort die Treppe hinauf in den ersten Stock. Der

Fahrer stiess ihn in einem hohen Tempo vor sich her, so dass er mehrere Male beinahe stolperte. *Ich werde mich beim Onkel über diesen Tölpel und dieses idiotische Vorgehen beschweren!* Nahm er sich wie bei jedem Besuch aufs Neue vor.

FRAUEN UNTER SICH

Denkt mein Sohn denn ich könne nicht auf mich selbst aufpassen? ärgerte sich Maria. Andererseits war sie jedoch über die Gesellschaft von Tina froh. Gegen Mittag war sie nassgeschwitzt aufgewacht und konnte sich nur noch verschwommen an den fürchterlichen Traum und ihre weitere Suche erinnern. Die Ablenkung tat ihr gut. Zudem hatte sie schon länger keinen richtigen Frauenabend mehr verbracht. Wenn doch, dann war ihr Sohn in seinem Zimmer und es kam nicht die uneingeschränkte Vertraulichkeit auf. Die Befürchtung er könnte heimlich ihren Gesprächen lauschen war zu dominant. Da sie seit dem Tod ihres Mannes selbst kaum noch aus dem Haus ging, kamen auch ihre Bekannten sie immer seltener besuchen. Schliesslich wurde es zu einer ausserordentliche Überraschung, wenn jemand anderes als ihr Sohn, Tina oder der Pöstler bei ihr vor der Haustüre stand.

Sie nahm eine Zeitschrift hervor und zeigte Tina

darin ein Artikel über eine neue Wohnsiedlung für ältere Leute ganz in der Nähe. Das Konzept gefiel Maria. Jeder hatte seine eigene Wohnung oder sogar sein eigenes Reihenhäuschen mit Garten. Zu der Siedlung gehörte zudem ein Betreuungszentrum. Es gab somit Ärzte, Krankenschwestern und Tageshilfen in nächster Nähe. Man konnte seine Selbständigkeit bewahren und in Notzeiten war dennoch gleich jemand zur Stelle. Tina gab sich Mühe Maria in allen Belangen zu diesem Thema zu unterstützen als diese erklärte, sie überlege sich, ihr Haus in einigen Jahren zu verkaufen und dorthin zu ziehen. Hans Rudolfs Mutters grösstes Bedenken war, dass ihr Sohn böse auf sie werden könnte. Schliesslich würde sie ihn sozusagen aus seinem trauten Heim werfen. Tina verneinte dies entschieden mit einem gehörigen Anteil an Eigeninteresse. Wollte sie doch schon lange erreichen, dass er mit ihr zusammenzog. Dies schien ihr nun zum Greifen nahe. Maria stimmte die übertriebene Euphorie ihrer Schwiegertochter in Spe etwas skeptisch. Sie beschloss mit dem Umzug zu warten und Hans Rudolf vorerst noch nichts zu verraten. Sie wollte erst die Geheimnisse ihres Sohnes und des dahingeschiedenen Gatten aufklären. Tina war über diesen Rückzug sehr enttäuscht und hatte Mühe ihre Gefühle im weiteren Verlauf des frühen Abends zu verbergen. Es kam kein richtiges intimes Gespräch mehr in Gang und blieb beim Austausch der neusten Geschichten und Gedanken.

Nachdem Tina sich in Hans Rudolfs Zimmer zurückgezogen hatte, dachte Maria noch lange über ihr Gespräch nach. Nicht der Inhalt beschäftigte sie. Ihr wurde ein weiteres Mal innert wenigen Tagen bewusst was für ein einsames Leben sie führte. Früher waren die Abende mit ihren Freundinnen ein wichtiger Ausgleich zu ihrem Leben als Hausfrau. Inzwischen beschränkte sich ihr soziales Leben auf wenige, monatliche Telefonate, welches mehrheitlich Anrufe von Meinungs- und Konsumforschungsinstituten waren, Coiffeur Besuche, das Einkaufen, sowie ihren Sohn und seine Freundin. Aus der Laune heraus griff sie zum Telefonhörer und wählte die Nummer ihrer ehemals besten

Freundin. Früher hatte Maria sich mit ihr wöchentlich getroffen. Inzwischen lag jedoch nur schon das
letzte Ferngespräch viele, viele Monate zurück. Das
Telefon klingelte und klingelte. Sie wollte den Hörer gerade wieder auflegen, als ihre gute, alte
Freundin ausser Atem und überrascht über den
unerwarteten Anruf antwortete.

DER BESUCHER

„Käfer"

„Hallo Inspektor hier ist Bruno. Ich leg mich nachher auf den Rasen vom Jean-Jacques. Bist du mit von der Partie?"

„Biep, Biep, Biep" ertönte es aus dem Telefonhörer. Der Inspektor hatte ohne ein Wort aufgelegt. Bruno war enttäuscht über die plötzliche Feigheit seines Dienstkollegen. Nie hatte er gekniffen wenn der Inspektor in einer brenzligen Lage war. Immer war er ausgerückt und hatte die darauf folgenden Schimpftiraden seiner Verlobten stillschweigend ausgehalten. Ein mulmiges Gefühl machte sich in ihm bereit. Bruno schwang sich auf sein Fahrrad und fuhr in Richtung der Villa des Multimillionärs los. Ein eigenes Auto hatte er nicht. Der Dienstwagen parkte wie immer beim Inspektor zu Hause. Nur in den grössten Ausnahmefällen liess dieser jemand anderen hinters Steuer seines geliebten, in die Jahre gekommenen Fahrzeuges.

Bruno versteckte sein Fahrrad in den Büschen vor dem Haus. Die Dämmerung hatte schon eingesetzt und ein traumhaftes Abendrot bereitete sich am Himmel aus. *Von Natashka werde ich heute Nacht wieder einiges zu hören kriegen,* war er sich sicher und überlegte, ob er sich nach dem feuchten Rasen nicht besser gleich ein Hotelzimmer gönnen sollte. Das Sofa in seiner Wohnung war zum Schlafen äusserst unbequem.

Leise hielt er Ausschau nach einem geeigneten Einstiegsort. Bei einem über die Mauer hängenden Ast einer mächtigen Eiche zog er sich hoch und liess sich dem Stamm entlang hinunter gleiten. Er war drin. Nun galt höchste Aufmerksamkeit. Würde er erwischt werden, müsste er wahrscheinlich den Dienst unfreiwillig quittieren. Bruno schaute sich um. Sein Landeplatz war ideal. Von hier aus konnte er sich unbemerkt zu den grossen Hortensien am Pool schleichen. Dort legte er sich auf die Lauer. Die Zeit verging, langsam löste die Dunkelheit der Nacht das Abendrot am Himmel ab.

Ein Motorengeräusch schreckte den für kurze

Zeit eingenickten Bruno auf. Ein Auto fuhr die Einfahrt hinauf. Nicht nur irgendein unbestimmtes Auto, es war wieder der gelbe VW Käfer, welchen sie bereits am Vortag hier gesehen hatten. *Das muss definitiv der Geschäftspartner sein, von dem uns Hugo fernhalten will!* war sich Bruno sicher. Sein Herz schlug vor Spannung schneller. Aus dem Wagen stiegen zwei Personen aus. Im kläglichen Licht konnte er nur ihre Umrisse erkennen. Der eine trug eine dunkelrote Mönchskutte, der andere schwarze Hosen und einen Rollkragenpullover. *Zwei kurlige Gestalten. Wenn das kein Volltreffer ist!* freute sich Bruno und holte seine hochauflösende Digitalkamera mit zehnfachem optischem Zoom hervor. Dabei bemerkte er nicht, dass nur der Geistliche das Haus betrat. Gespannt wartete er und hoffte, die beiden kämen in den verglasten Salon mit Sicht auf den Pool. Licht ging im Salon an, doch nur die Köchin und ein Hausangestellter, den er noch nicht kannte, betraten den Raum. Kurze Zeit später verliessen sie ihn wieder. *Das wäre auch zu schön gewesen,* ärgerte sich Bruno und überlegte sich seine Position zu verändern. Ein weiteres Motorengeräusch liess ihn verharren. Er meinte dieses irgendwoher zu kennen. Doch kein weiterer Wagen fuhr in die Einfahrt, dieser schien in der unmittelbaren Nachbarschaft angehalten zu haben.

Derweilen schlich sich Leo langsam hinten um die Villa. Bei der Ankunft mit dem Pater Benedikt hatte er eine verdächtige Bewegung bei den Hortensien gesehen. Als alten Fuchs im Geschäft konnte ihm so etwas nicht entgehen. Der Pater hatte seine Demission trotz der misslungen Entführung entschieden abgelehnt. Er befand, dass Leo Norbert einen gehörigen Schrecken eingejagt hatte und dieser somit seine Strafe erhalten hatte. Pater Benedikt benötigte den Profi an diesem Tag als Rückendeckung bei seinem zweiten Treffen mit Jean-Jacques Hugo. Hinter dem Haus angekommen rannte er quer über den Garten bis an die gänzlich im Dunkel liegende Mauer, die das ganze Anwesen umspannte. Langsam setzte er Fuss vor Fuss um keine verdächtigen Geräusche zu erzeugen. Mit ungeübtem Auge konnte man ihn nicht erkennen. Er verschwand völlig in der Schwärze der Dunkelheit der Nacht. Bei der mächtigen Eiche angekommen hielt er inne. Ein Motorengeräusch ertönte direkt hinter der Mauer. Er lauschte einen Moment und entschied dem keine weitere Beachtung zu schenken. Von hier aus konnte er den unerwünschten Spion gut erkennen. Seine alten Augen hatten ihn nicht getäuscht. Er beschloss abzuwarten. Töten durfte er ihn leider nicht. Er wusste, es war für den Pater wichtig herauszufinden, wer und warum dieser jemand hier im Rasen lag. Glücklicherweise schien der Eindringling alleine zu sein. Mit einem lautlosen Zeichen hatte er beim Aussteigen seinem Arbeitgeber bedeutet, dass hier etwas faul war. Bald würden sie oben auf dem Balkon erscheinen und den ungebetenen Gast ablenken. In diesem Moment würde er zuschlagen.

Bruno beschloss an diesem Ort zu verweilen. Er sah keine Möglichkeit sich unbemerkt besser zu positionieren. Ruhe und Geduld waren jetzt entscheidend. Er glaubte das Gras wachsen zu hören. Ab und zu drangen undefinierbare Laute aus dem

Haus. Die Zeit verging im Schneckentempo. Minuten fühlten sich wie Stunden an. Jemand öffnete die Haustüre, spähte hinaus und schloss sie sogleich wieder. Bruno war verunsichert. *Hat man mich entdeckt?* rätselte er, konnte es sich aber nicht vorstellen. Dennoch getraute er sich nicht sich umzuschauen und fixierte weiterhin das vor ihm liegende Gebäude. Auf einmal schien Bewegung in die Ruhe zu kommen. Im oberen Stock wurde das Licht angezündet. Zu seiner Freude traten zwei Personen auf den Balkon. Er nahm sie gleich ins Visier und betätigte das Zoom seiner Kamera. Den wohlhabenden Hugo erkannte er sofort. Der Zweite war der Mann in der Kutte. Sein Gesicht war nicht zu erkennen, er hatte seine Kapuze weit über seinen Kopf gezogen. Bruno hoffte er würde sich in den Schein der Balkonlaterne drehen. Ein Rascheln, kurz gefolgt von einem dumpfen Ton, liess ihn erschreckt hochfahren. Er wollte um Hilfe schreien. Doch bevor er auch nur einen Ton rausbrachte, hielt ihm eine dunkle, massige Gestalt unsanft den Mund zu.

„Sei still und komm", flüsterte ihm Inspektor Käfer ins linke Ohr. „Wir müssen hier schnellsten verschwinden." Bruno war erleichtert, er hatte ihn doch nicht im Stich gelassen. Als er gleich darauf über einen Körper stolperte und dabei seine Kamera verlor, musste er dreimal leer Schlucken. Ihm wurde bewusst, dass ihn sein Dienstgefährte aus einer überaus brenzligen Situation gerettet hatte. Nun war ihm klar, woher er das Brummen des Motors von vorhin kannte. Es war der Dienstwagen des Inspektors. Mühsam schob Bruno seinen Kollegen die Eiche hoch um über die Mauer zu kommen. Dieser war so schwerfällig, dass es ausserhalb seiner Vorstellungskraft lag, wie sich dieser unbemerkt in den Garten schleichen konnte. Kurz darauf waren beide auf der sicheren Seite. Das Fahrrad wurde im Kofferraum verstaut. Sie setzten sich in den Wagen und eine Sekunde bevor sie den Motor starteten, konnten sie ein verärgertes Stimmengewirr aus dem Garten hören. Der bewusstlose Leo war gefunden worden. Nun war es für die beiden an der Zeit schnellstens zu verschwinden.

DER BRIEF

Tina sass mit nachdenklich aufgestütztem Kopf in Theodors Arbeitszimmer am Schreibtisch. Mit der Zeit hatte sie keine Lust mehr gehabt sich mit ihrer Schwiegermutter in Spe zu unterhalten und sich hierhin zurückgezogen. Die fehlende Türklinke hatte sie rasch gefunden und montiert. Maria wähnte sie in Hans Rudolfs Zimmer. Dort gefiel es Tina nicht allzu sehr, es war ihr zu eng und zu karg eingerichtet. In diesem Raum fand sie es gemütlicher. An den Wänden hingen Landschaftsbilder der Schweizer Alpen und Seen, ein kleines Sofa in der Ecke mit einem kleinen Marmortischchen, darauf ein Schachbrett mit handgeschnitzten Elfenbeinfiguren. Einen alten Schreibtisch mit vielen Schubladen an dem sie sich in diesem Moment ausruhte und dann noch das alte Büchergestell auf der gegenüberliegenden Seite. Neben den vielen alten Büchern von bekannten Schweizer und Russischen Autoren fiel hier vor allem der gusseiserne Affenkopf auf. Hans Rudolf hatte ihr vor einiger Zeit einmal dessen Geheimnis verraten. Sie konnte sich nicht mehr genau erinnern. Sie wusste nur noch, dass es etwas mit seinem Vater und der Organisation zu tun hatte und selbst der Onkel darüber nicht informiert wäre. Wirklich interessieren tat sie dies momentan nicht und so liess sie das Bücherregal, Bücherregal sein.

Der Tag vom missglückten Auftrag ging ihr immer noch durch den Kopf. Nicht nur ihr plötzlicher Entscheid mit dem Bankdirektor zu brechen und so die Aktion am Ende durcheinander zu bringen. Sondern auch wie sie später voller Neugierde zurückgekehrt war. Das Zerwürfnis mit dem Bankdirektor Egger bereute sie nicht, sie war sogar stolz darauf, dass sie dies endlich fertig gebracht hatte. Schon lange hatte es ihr vor seinen obszönen Annäherungsversuchen gegraust. Bei jedem Treffen wollte er nicht nur Resultate sondern ihr am liebsten auch an die Wäsche. Sie wusste gar nicht mehr, wie oft sie ihn wegstiess und ihn beschimpfte. Sie vermutete mittlerweile, dass er daran sogar Gefallen gefunden hatte. Nie hatte sie ihn rangelassen. In diesem Sinne hatte sie ihren Freund nicht betrogen, nur beim letzten Auftrag fast verraten. Im letzten Moment konnte sie dieses Versehen noch korrigieren und sich, als sie erstmals nicht zum befohlenen Treffen ging, dem Geld vom Bankdirektor lossagen. Bei der Aktion selbst hatte sie genau aufgepasst, wie The Jack, so nannte sich der Dritte in ihrem Bunde, die Videoanlage deaktivierte. Mit The Jack arbeitete sie gerne zusammen. Er war äusserst intelligent und man konnte sich auf ihn verlassen. Sie wusste weder woher er kam und ging noch wie er zu der Organisation stand. Aber das interessierte sie nicht weiter. Die meisten Aufträge hatten sie zu dritt erledigt, nur bei ganz heiklen Missionen liess Hans Rudolf noch zwei weitere mitkommen. Es war ihm wichtig immer eine ungerade Anzahl von Leuten in der Gruppe zu haben. Sie vermutete, dass er dieses Vorgehen wählte, damit er in einer Patt-Situation das entscheidende Wort sprechen konnte.

Sie bemerkte schnell, dass die Sicherheitsvorkehrungen von der Villa noch immer mangelhaft waren. Der bekannte Name ihres Vaters schien die Gangster von alleine fernzuhalten. Schon als Teenie hatte sie sich oft gewundert, wie einfach sie aus dem Haus verschwinden und zurückkehren konnte ohne erwischt zu werden. Damals gab es noch keine Bibliothek. Ihr Vater hatte die Bücher vor etwas mehr als zehn Jahren auf einem Flohmarkt in Frankreich entdeckt und für ein Taschengeld gekauft. Gelesen hatte er wahrscheinlich keines davon, für ihn zählte nur deren repräsentativer Wert. Sie vermutete, dass er keine Ahnung hatte, dass sich für Kenner ein unglaublich wertvolles Buch darunter befand. Sie konnten aber genau dieses bei ihrem Einbruch nicht finden. Sie werden noch einmal wiederkommen müssen um dieses Buch zu holen. Es war der letzte, noch nicht wieder aufgetriebene Band eines vor über hundert Jahren der Organisation abhanden gekommenen Werks. Einzeln hatte jedes Buch nur einen antiquarischen Wert. Alle zusammen offenbarten dem kundigen Leser jedoch ein Wissen, dass einem Hören und Staunen verging. Das Geheimnis war nur für denjenigen zu lüften, der alle dreizehn Bände in seinen Händen hatte. Solange auch nur eines fehlte, hatte man keine Chance auch nur annähernd die Lösung zu finden. Der Tipp den sie erhalten hatten, liess keinen Zweifel offen, dass sich dieses letzte Buch im Besitz ihres Vaters befand.

Kurz nachdem sie Hans Rudolf kennengelernt hatte, war sie bereits einmal in das Anwesen von Jean-Jacques Hugo eingebrochen. Sie wusste, würde sie einfach an der Tür klingeln und Hallo rufen, kämen nicht ihre Eltern sie empfangen, sondern die Polizei würde kommen um sie vor der Haustüre festzunehmen. Ihr Vater hasste sie aus vollem Herzen und sie glaubte nicht, dass er ihr nach all den Jahren verziehen hatte. Sie kannte ihn zu gut, war sie schliesslich sein eigenes Fleisch und Blut. Trotzdem wünschte sich damals wie heute nichts mehr als ihre Freude über den Beginn der neuen Ära in ihrem Leben mit ihren Eltern teilen zu können. Mit Hans Rudolf fühlte sie sich von Anfang an sicher. Er war ihre grosse Liebe und ihm war keine Mühe zu gross ihr wieder auf die Beine zu helfen. Sie steckte damals noch immer in einem grossen Schlamassel, das seinen Anfang in ihren wilden Teenie Jahren nahm.

Lange überlegte sich Tina wie sie diese Kontaktaufnahme gestalten könnte. Sie dachte zuerst an ein Zeitungsinserat. Doch ihre Eltern interessierten sich für nichts ausser Geld und Glamour. Sie hätten kaum eine Notiz davon genommen. Eine weiterer Gedanke war per Kurier ein Packet voller Einräppler zu schicken und inmitten deren in einer Mausefalle ein Foto von ihr und ihrem Freund festzuklemmen. Diese Idee verwarf sie so rasch wie sie gekommen war. Sie vermutete, ihr Vater könnte dies für einen Erpressungsversuch halten. Somit würde das ganze Packet im nächsten Mülleimer landen, da in seinen Augen seine Tochter nicht mehr existierte. So ging es weiter und sie verwarf eine Variante nach der anderen. Schlussendlich entschied sie sich einen Brief zu schreiben. In dem beschrieb sie kurz, dass sie bald mit ihrem Hans Rudolf zusammenziehen, ihn heiraten, eine Familie gründen und selbst ein erfolgreiches Unternehmen für Designermode gründen würde. Sie beschloss diese Botschaft der Versöhnung nicht per Post zu schicken, sondern auf das Kopfkissen ihres Mädchenbettes zu legen. Bei Nacht und Nebel stieg sie ein und verschwand nach getaner Arbeit unbemerkt. Das Zimmer war im selben Zustand, wie sie es viele Jahre zuvor zurückgelassen hatte. Zudem war es der erste Einbruch seit langem, den sie nicht aus Lebenserhaltungsgründen beging. Sie bereute ihre schlimmen Jahre nicht. Doch würde sie niemandem raten es ihr nachzumachen. Zu viel Kummer und Sorgen waren dabei entstanden.

Von ihren Eltern erhielt sie keine Reaktion. Nach dem Auftrag in Hugos Villa im Dienste der Organisation wenige Tage zuvor hatte sie dann spontan die Idee nachzuprüfen, ob sich der Brief noch dort befand, wo sie ihn hingelegt hatte. Nachdem sich die Gruppe trennte, schlich sie zurück in das Haus. Die veraltete Videoüberwachung wurde mühelos deaktiviert ohne selbst gefilmt zu werden. Kurz darauf stand sie vor ihrem alten Zimmer. Die Türe liess sich nicht öffnen. Dietriche hatte sie keine dabei. Enttäuscht über ihren Misserfolg verliess sie das Haus fünf Minuten später. Bei ihrem Abgang bemerkte sie nicht, dass sie nur die Aufnahme ausgeschaltet hatte und nicht die Recorder. So entstand im Überwachungsvideo ein nicht übersehbarer Unterbruch der Aufnahme.

Tina fielen mit der Zeit die müden Augen zu und sie schlief in Gedanken an ihren Brief und an ihre Eltern an Theodors Schreibtisch ein.

DAS TAGEBUCH (X/X)

Maria beschloss Tina eine Freude zu bereiten. Ein Tablett mit Tee und Schoko-Kuchen in der Hand betrat sie ohne zu klopfen Hans Rudolfs Zimmer, wo sie ihren Gast zu finden erwartete. Das Zimmer war leer. Sie staunte nicht schlecht, dass die geheime Türe offenstand. Sie schaute sie eingehender an und erkannte, warum sie sie nicht öffnen konnte. Schlüssel brauchte man keinen sondern nur die Türklinke hoch statt runter zu drücken. *Auf die Idee wäre ich nie gekommen!* musste Maria sich selbst eingestehen. Gespannt trat sie in Theodors früheres Arbeitszimmer. Als sie sah, dass Tina am Schreibtisch eingeschlafen war, stellte sie das Tablett ganz leise auf den Boden und schaute sich um. Schon beim ersten Blick blieben ihre Augen am Bücherregal hängen. *Habe ich das nicht schon irgendwo gesehen?* fragte sie sich.

Nach einigen Minuten angestrengten Überlegens wusste sie, woher sie es schon kannte. Es war auf der letzten verbliebenen Tagebuchseite abgebildet. Ohne zu zögern drehte sie sich auf dem Absatz um und stiess dabei gegen die Tee-Tasse. Ängstlich blickte sie zu Tina hinüber, welche ungestört weiterschlummerte. Der verschüttete Tee interessierte sie nicht weiter. Nun galt es das Geheimnis des Affenkopfes zu lüften.

Kaum ein Augenblick war vergangen, als sie mit den Notizen ihres Sohnes zurückkam. Wie sie auf dem Blatt erkennen konnte, sollte das Rätsel einfach zu lösen sein. Alles war Schritt für Schritt durchnummeriert. Sie drückte dem Affen zurückhaltend in das linke Auge. *Tatsächlich!* freute sie sich als es nachgab. Sie spürte wie der Knopf mit einem lauten Knacken einrastete. Tina schlief weiter tief und fest. *Wie finde ich nur heraus welches Buch welches ist?* rätselte Maria. Sie versuchte die Bände abzuzählen, doch die Anzahl auf dem Papier und deren im Regal stimmten nicht überein.

Ein anderer Lösungsweg war gefragt. Sie verglich die Einbände miteinander, doch im dämmerigen Schein der Deckenlampe konnte sie nichts Auffallendes erkennen. Ein lautes Knacken war zu hören und der Knopf im linken Auge des Affenschädels sprang wieder in seine Ursprungsposition. Tina bewegte sich. Schnell zog sich Maria in das Zimmer ihres Sohnemannes zurück. Sie hatte Glück, ihre Schwiegertochter in Spe schlief friedlich weiter. Nun galt es erst die richtigen Bücher zu finden und dann nochmal von vorne zu beginnen.

Sie schaute eingehend auf das rätselbewahrende Blatt. Ausser den Nummern und der Position gab es keinen Anhaltspunkt und die Positionen stimmten schliesslich nicht mit der Wirklichkeit überein. Sie erforschte die Bücher auf dem Regal. Bei einigen sah sie eine Zahl auf dem Einband aber sie vermutete, dass die Lösung kaum so einfach wäre. *Wäre doch hier einfach ein Sudoku als Schloss an der Wand!* wünschte sie sich und sah sich bereits in einem riesigen, alten Archivgewölbe wandeln.

Sie nahm den ursprünglich für Tina bestimmten Schokokuchen vom Tablett und biss herzhaft hinein in der Hoffnung so vielleicht die richtige Lösung zu finden. Der Gedankensprung blieb jedoch aus. Je länger sie das Bücherregal betrachtete desto unlogischer kam ihr das Ganze vor. *Hat mein Sohn mir etwa eine wichtige Information vorenthalten?* Sie beschloss ein Buch nach dem anderen abzutasten und das Erste, das einen geheimen Mechanismus bergen würde, wieder mit der Notiz zu vergleichen.

Zuoberst Links stand eine Sammlung der Werke von Dostojewskij in edlem Lederumschlag. Eines nach dem anderen nahm sie raus. Keines schien verdächtig, jedoch waren alle schon sehr staubig. Hinter keinem war ein Schalter versteckt. Sie stapelte die Bücher gleich hinter sich auf dem Boden und schaute nochmals auf den Tagebucheintrag ihres Sohnes.

Hier müsste doch eines sein! ärgerte sie sich. Auf dem nächsten stand eine grosse fünf, den Autor konnte man wie bei den anderen nummerierten Werken nicht mehr erkennen. Sie wollte es herausnehmen, doch es liess sich nicht bewegen. Sie versuchte dahinter zu greifen konnte aber keinen Spalt zu der Mauer finden. Wütend schlug sie mit der Faust dagegen und stiess dabei mit ihrem Fuss die hinter sich gestapelten Bücher um. Ein lautes Klirren durchschallt den Raum, denn sie waren direkt auf das Tablett gefallen. Maria getraute sich nicht sich umzudrehen. Wie durch ein Wunder wurde Tina auch diesmal nicht aus dem Schlaf gerissen.

Sie hielt die Skizze direkt neben das Buch. Nun fiel ihr auf, dass von der Nummer auf dem Blatt ein Pfeil ausging der exakt dorthin zeigte, wo auch in der Realität die Zahl auf dem Buchrücken zu sehen war. Sorgfältig tastete sie die Ziffer ab. Sie erkannte, dass sie genau dort reindrücken musste.

Von da an war es ein leichtes. Maria drückte wie beschrieben einen Knopf nach dem anderen. Jeder rastete mit einem lauten Klicken ein. Tina schlief weiterhin wie ein Murmeltier. Kurz nachdem sie den letzten betätigt hatte, folgte ein leises Surren und das Bücherregal schob sich leicht von der Wand weg. Die Mauer war hier nur ganz dünn. Es schien ihr als ob diese erst nachträglich eingebaut wurde. Sie erinnerte sich nicht, das Zimmer jemals ohne diese Wand gesehen zu haben und vermutete, dass diese schon seit vielen Generationen bestand.

Das Haus selbst wurde vor mehr als hundert Jahren von einem ihrer Vorfahren erbaut. *Haben etwa auch mein Vater, meines Vaters Vater und bis hin zum Vater meines Vaters Vater alle ihre Frauen verraten und hintergangen?* Dieser Gedanke erschütterte sie bis tief ins Mark.

Sie wagte einen Blick hinein. Es erwartete sie wider ihrer Vorstellung kein riesiger Raum sondern nur ein ganz Schmaler Gang von der Länge des Zimmers. An seinem linken Ende stand ein Regal dichtgedrängt voller Ordner, das Regal auf der rechten Seite war leer. *Hatte Theodor die sich womöglich dort befundenen Unterlagen veruntreut?* fragte sie sich. Sie setzte einen Fuss ins Archiv hinein und wirbelte dabei Unmengen von altem Staub auf. Hier schien schon lange niemand mehr saubergemacht zu haben. Maria konnte sich nicht zurückhalten, schloss die Augen und musste dreimal laut niesen. Dabei hielt sie sich versehentlich am Regal fest. Ein dicker schwerer Ordner von der obersten Reihe kam ins Rutschen, fiel ihr auf die Schläfe und blieb auf dem Boden aufgeschlagen liegen. Durch den

Schlag verlor Maria das Bewusstsein.

„Wo bin ich? Was war das?" schreckte Tina hoch. Ein dumpfer Laut, wie wenn ein Sack voller Kartoffeln zu Boden fällt, hatte sie aufgeweckt. Sie erkannte, dass sie im Arbeitszimmer hinter Hans Rudolfs Schlafzimmer war. Einen Moment lang hing sie noch ihren Gedanken über ihre Eltern nach. Dann bemerkte sie, dass hier etwas nicht mehr stimmte. Das Bücherregal stand einen halben Meter von der Wand entfernt und viele Bücher lagen kreuz und quer verteilt auf dem Boden. Nun wusste sie wieder, was sich dahinter verbarg.

„Schatz, bist du das?" Keine Antwort. Voller Angst schaute Tina in den kleinen Raum. Sie erschrak als sie Maria und gleich daneben einen aufgeschlagenen Ordner am Boden liegen sah. Wie durch Zufall war nur eine unbeschriebene Seite zu sehen.

„Oh, nein! Lebst du noch? Hans Rudolf hatte mich doch ausdrücklich davor gewarnt diese Ordner auch nur aufzuschlagen. Dich etwa nicht?"

Schnell nahm sie die am Boden liegenden Unterlagen und stellte sie ohne einen weiteren Blick darauf zu werfen zurück in das Regal. Mühsam zog
sie Maria hinaus. Ihre Kleider waren voller Staub.
Beim Abklopfen stiess sie versehentlich mit dem
Ellbogen gegen den Affenkopf und das Archiv
schloss wieder seine Pforte. Mit letzter Anstrengung
konnte sie Maria ins Wohnzimmer schleifen und
auf ihren Schaukelstuhl hieven. Dann erst kam sie
auf die Idee den Puls ihrer Schwiegermutter in Spe
zu fühlen.

Sie lebt. Erleichterung machte sich in Tina breit.
Sie ging in die Küche um ein feuchtes Tuch zu holen und beschloss Hans Rudolf hiervon nichts zu
erzählen. Sie konnte sich selbst nicht erklären, was
gerade vor sich gegangen war.

Unter vier Augen

„Hallo mein lieber Hans Rudolf", begrüsste ihn der Onkel beim Eintreten, „schön dich zu sehen. Du kannst jetzt die Augenbinde abnehmen." Gesagt getan. Seine Augen brauchten nicht lange um sich an die Dunkelheit im Raum zu gewöhnen. Die einzige Lichtquelle war eine Lavalampe, die zwischen ihnen auf dem Tisch stand. Hans Rudolf setzte sich auf den ihm vom Onkel zugewiesenen Stuhl. Einen Moment lang sassen sie sich schweigend gegenüber.

„Wie du weisst, wäre dies das letzte Buch gewesen, das uns noch fehlte. Leider konntest du den Auftrag nicht erfüllen." Hans Rudolf schluckte lautlos. In Ehrfurcht vor der unglaublichen Präsenz dieses Mannes vergass er all seine Vorsätze und war auf das Schlimmste gefasst.

„Ursprünglich wollte ich dir heute zu deiner Beförderung zum Grossneffen gratulieren. Dies wird nun leider noch etwas zuwarten müssen. Ich schätze drei bis vier Jahre." Der Onkel hielt inne und schaute ihn genau an, als keine Reaktion erfolgte fuhr er fort. „Wir werden Monsieur Hugo weiter beobachten. Du wirst dich in der Zwischenzeit zurückhalten und auf weitere Anweisungen warten."

„Das heisst ich komm aufs Abstellgleis." Mit einem Mal erfasste ihn all der vergessene Ärger wieder und seine Miene verfinsterte sich.

„Nein du verstehst das falsch. Ich kann dich erst befördern, wenn dieser Auftrag abgeschlossen ist. Dazu ist zurzeit die Luft zu heiss. Wir müssen uns für ein paar Jahre still verhalten."

„Wann hören wir endlich mit dieser ganzen Scharade auf?" Mit diesen Worten ging Hans Rudolf zum Angriff über.

„Wie? Was meinst du?"

„Es fängt an bei diesem ganzen Zirkus mit deinem Tölpel von Fahrer und der Augenbinde und hört auf bei unserer Schauspielerei vor allen Leuten."

„Deine Worte erstaunen und schockieren mich.

Das ist alles nur zu unser aller Sicherheit. Die Öffentlichkeit würde nicht verstehen, was wir hier tun. Zudem musst du dir auch bewusst werden, dass du noch lange nicht alle Zusammenhänge kennst. Wie du sicherlich weisst, sind wir ein Geheimbund mit einer Tradition die unzählige Jahrhunderte zurückreicht."

„Wer soll uns den Bedrohen? Wenn uns niemand kennt?"

„Eigentlich dürfte ich dir dies nicht erzählen. Aber da dein Vater uns lange gute Dienste geleistete hatte, will ich eine Ausnahme machen." Der Onkel war überzeugt, dass Hans Rudolf mit Ausnahme vom plötzlichen Herzinfarkt nichts von Theodors grossem Verrat und den daraus erforderlich gewordenen Konsequenzen wissen konnte. Er wollte, dass es auch so bleibt. „Es gibt einen Maulwurf in unseren Reihen. Wir wissen nicht, wer es ist. Er dient einem machtbesessenen Geistlichen. Per Zufall hat sich dieser genau das alte Kloster gekauft, in welchem vor mehr als hundert Jahren eines unserer Mitglieder als Mönch lebte. Er stiess dort aus unerklärlichen Gründen auf unsere Spur. Nun will er all unsere Geheimnisse stehlen und die Macht unserer geheimen Schriften an sich reissen."

Waren meine Angst und mein Verfolgungswahn von vorgestern Abend also doch nicht unbegründet? folgerte Hans Rudolf für sich und er bekam Angst um Tina und seine Mutter, die alleine zu Hause auf ihn warteten.

„Damit habe ich nichts zu tun!"

„Daran hab ich nie gezweifelt." *Dieser Dummkopf, der würde das auch nie zustande bringe,* war sich der Onkel sicher und lachte innerlich über sein Gegenüber. *Er ist zwar ein guter Mann, aber wenn man ihm nicht sagen würde...*

„Ich beantrage hiermit, dass ich und meine Gruppe ganz aus dem Dienste der Organisation entlassen werden." Der in seinen Gedanken unterbrochene Onkel schaute Hans Rudolf erst überrascht, dann zornig an.

„Du weisst genau, das geht nicht! Du hast wie alle anderen das Gelübde abgelegt dein ganzes Leben in unsere Dienste zu stellen. Der einzige Weg dies zu beenden ist der, den dein Vater gewählt hat. Den Exitus!" Er bereute gleich, dass er Theodor mit ins Spiel gebracht hatte. Doch seine Angst war unbegründet. Hans Rudolf hatte diese Bemerkung überhört.

„Nun geh! Ich will dich erst wiedersehen, wenn du wieder bei klarem Verstand bist." Sprach es aus ohne eine Wiederrede zuzulassen und schlug dreimal mit der Faust auf den Tisch. Der Fahrer öffnete sogleich die Türe und gebot Hans Rudolf den Raum zu verlassen.

Es möge nur einen Ausweg geben, aber zwei Figuren die ihn begehen können. Ging es Hans Rudolf durch den Kopf als vor das Haus trat. *Nicht ich sondern du wirst derjenige sein!* Im Scheinwerferlicht eines vorbeifahrenden Autos konnte er kurz die Gegend um das Haus des Onkels erkennen. *Hier wohnt er also!* Doch bevor er sich über diese Erkenntnis richtig freuen konnte, packte ihn der Fahrer am Kragen, band ihm die Augenbinde um und stiess ihn unsanft auf den Rücksitz des Wagens.

ÜBER DEN AUTOR

Manuel Süess, 1981 in Luzern geboren und aufgewachsen, absolvierte nach dem Gymnasium die Ausbildung zum Dipl. Hotelier an der Schweizerischen Hotelfachschule Luzern.

2011 gründete er mit ART BY MANUEL SÜESS seine eigene Firma und ist seitdem als Künstler und Unternehmer tätig.

2012 wurde sein erster Roman „Der Buchhalter" veröffentlicht.

ÜBER DAS KUNSTSCHAFFEN DES AUTORS

Sein Augenmerk legt Manuel Süess auf sein inneres wie Emotionen, Gedanken, Träume und seine äussere Umwelt wie Erfahrungen, Erzählungen, Gesellschaft und Wahrnehmung. Seine Arbeit bezeichnet er als abstrakte, emotionale Malerei.

Zurzeit arbeitet er vorwiegend mit Acrylfarben, welche er mit Schwamm, Spachtel und Bürste aufträgt. Dabei fokussiert er sich auf kräftige, ausdrucksstarke und metallische Farben. Ab und an ergänzt er seine Werke mit Kohle gezeichneten Elementen. 2012 begann er sein Spektrum um Enkaustik und Linolschnitt zu erweitern.

Am liebsten arbeitet er auf Holz. Jedes Stück Holz hat schon von Natur aus sein ganz eigenes Leben, sein eigener Charme, seine eigene Präsenz im Raum. Seine aktuellen Favoriten sind Bambus und Fichte.

KÜNSTLERISCHER WERDEGANG

Manuel Süess beschäftigt sich von klein auf in vielfältiger Weise mit der künstlerischen Umsetzung seiner kreativen Ideen. 2008, nach dem Abschluss seiner Ausbildung zum Dipl. Hotelier, begann er die Qualität seiner Arbeiten konsequent auf ein professionelles Level weiterzuentwickeln.

Im Sommer 2010 wurde erstmals in den Schweizer Medien über sein künstlerisches Schaffen berichtet. 2011 folgten Gruppenausstellungen in der Schweiz und Deutschland sowie seine in Schaufenstern installierten, öffentlichen Dauerausstellungen in Basel und 2012 in Zug.

Seit 2010 wird Manuel Süess von der Wiener Galerie The gallery Steiner – art & wine vertreten. Welche 2011 seine Werke an der internationalen Kunstmesse Shanghai Art Fair sowie in ihrer Filiale in Shanghai zeigte und im Januar 2012 seine Einzelausstellung „Emotions" in Wien präsentierte.